GAEA

GAEA

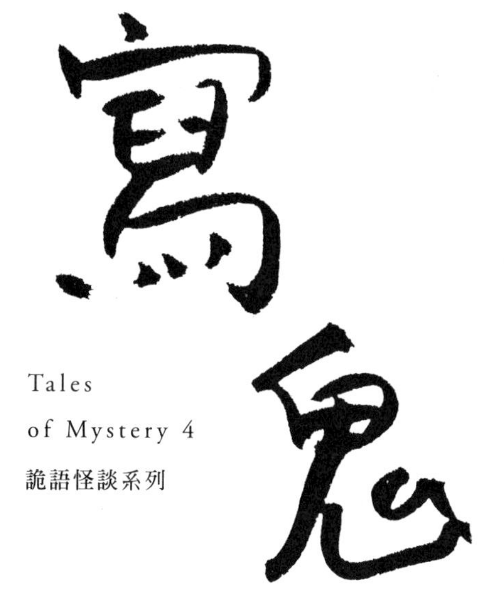

Tales
of Mystery 4
詭語怪談系列

星子——著

寫鬼

目錄

寫鬼

你相信這個世上有鬼嗎？

你害怕鬼嗎？

在你的生活周遭，是否有一種，相信有鬼，卻不怕鬼的人？

倘若你的朋友帶你去一間豪華別緻的鬼屋，留你獨自住宿幾晚，你會答應還是拒絕？

倘若你答應了，在黑夜到來之時，寧靜的大宅裡響起陰沉的鐘聲，

你會有什麼想法？你會如何反應？

史秋盤腿坐在電腦旋轉座椅上，歪著身子愣愣盯著筆記型電腦螢幕，他眼中的血絲比三個小時前又增加了許多。

他的身子僵硬難受、十指忽握忽張，偶爾敲打幾下鍵盤，都是同一個字——

鬼

窗外漆黑沉靜，偶有野貓眨閃著青森眼睛在兩樓間伸突出來的屋簷上奔跑追逐。史秋輕咳一聲，朝窗外看了兩眼。

自他偶爾深夜開窗透氣，和幾雙青亮亮的貓眼對視之後，「貓」這個題材，他已經寫三次了——他是個小說家，更精確來說，是個專寫靈異、恐怖、怪奇類別的小說家。

他緊緊握拳、又鬆開，大力按著刪除鍵，將文字檔案末端十幾個「鬼」字刪去。他的故事仍然停留在開頭數百字，但他無法接續著寫下去，只能在一串句子之後，不停打著「鬼」字。

他用力拍了拍臉，張開嘴巴想要吼叫、想要罵些什麼，但此時是深夜，他沒有大聲罵出。

他寫不出後續，他想不出故事之中的主角，在一間老屋外，打開陳舊房門時究竟看見了什麼。

「呿！我怎麼會想出這種老套題材？」史秋懊惱埋怨著，他抓抓頭，忽而站起、忽而坐下，突然覺得自己對這篇故事題材感到十分厭煩，儘管這是他用即時通訊軟體，和編輯小孟討論整整一天才敲定的題材，但此刻他卻完完全全地失去了興趣。

電腦叮咚一聲，即時通訊軟體那端傳來了小孟的問候：「史大作家，夜半三點，發展如何？李大爲推開了門，然後呢？他見到什麼？」

「他什麼都沒見到，什麼發展都沒有。或許他會見到一個快要抓狂的小說家，揮動榔頭把電腦砸了，那個小說家就是我……」史秋這樣回答，他甚至對即時通訊軟體的交談速度感到極端不耐，便隨手撥了電話給小孟。

「老套！我只能這樣講，推開了門，能見到什麼？一隻青臉獠牙的厲鬼？當然不！主角必然惴惴不安地進入那鬼屋，或許還會碰到一個與他年紀相仿的女孩，兩人度過既提心吊膽又曖昧的一個晚上，或數個晚上，最後或者逃出，或者逃不出。但他們還能有什麼遭遇？燈光忽閃忽滅？廁所的水龍頭沒水，拍兩下突然迸出血水？從鏡子當中見到鬼影飄過？夜半有個女鬼掛在天花板上，一雙腿盪呀盪的……你說，這還不老套嗎？」史秋一鼓作氣地講了好幾種恐怖電影的慣用橋段。

小孟打了個哈欠，說：「厲鬼的主意不錯，最好是個女鬼，你不妨寫成『頭低低的，長髮垂下遮住臉，但些微露出眼睛』……眼睛是重點！」

「屁！」史秋焦躁地抓著頭髮說：「電影『七夜怪談』之後，全世界的女鬼都長這副德行，全都一個媽生的！我今天租了七部恐怖片回家，一口氣看完，哪部片配哪隻鬼我都不記得了！眞他媽……」

「其實也不是，上吊死的不就這德行……」小孟打斷了史秋將要爆出口的髒話，搶過話頭說：「我上線找你，是突然和一個老同學聊上，他親戚名下有間一百坪的別墅，空了六年，你有沒有興趣看看？」

「小孟，你消遣我？一百坪別墅？我一頭撞死重新投胎一次或許買得起！」史秋大吼。

「不是要你買，是要你去看。我跟你說，那房子聽說曾經鬧過鬼。閣下禮拜一一定要交稿，不然要開天窗了！今天禮拜五，不……凌晨三點算禮拜六了，你快上床睡覺，明天老地方見，我帶你去那房子。我跟老同學說好了，讓你在那裡過兩夜，親身體驗在鬼屋裡寫稿的滋味，說不定靈感源源不絕，禮拜一我去接你，你回家補眠，我帶著稿子回公司排版，皆大歡喜！」

「鬧鬼又怎樣？我根本不怕鬼。不過好像也沒別的辦法了……」史秋猶豫幾秒，覺得這主意雖然荒誕，但總算十分難得，自己靈感全無，上鬼屋瞧瞧，也比坐在桌前發愣要好。他關閉電腦，閉目冥想，明天自己在那間屋子之中，會有什麼樣的遭遇。

他覺得應該帶台單眼相機，如果能拍張靈異照片什麼的，不但可以設計成新書封面，也能夠作為將來寫作時的靈感來源。

□

翌日，史秋和編輯小孟來到時常討論劇情的咖啡廳，各自點了份簡餐，邊吃邊討論著今天的行程。

小孟遞給史秋一串念珠和一只護身符。

「給我這個幹嘛？你知道我向來不怕鬼。」史秋這麼說。他確實一點也不怕鬼，在他國小的時候，就專門講鬼故事嚇同學，他曾經害一個同班同學在放學降旗時尿濕一褲子，原因是他和那同學講了一個國小廁所的鬼故事，那同學因此憋了一整天尿，到放學時再也忍不住，全面潰堤。

小孟將那兩件東西塞入史秋手中，嘴裡還嚼著食物，含糊不清地說：「你以爲昨天我跟你吹牛？那地方眞的有問題，這兩個法寶是我去廟裡幫你求的。嘿嘿，我先跟你說，今天晚上你得自己保重，我的任務是送你進屋，帶你看看，然後離開，週一來拿稿，ＯＫ？」

「有沒有那麼可怕啊，你可別一進屋就尿褲子了。」史秋歪著頭，不屑地拿著那兩件「法寶」在手中把玩。小孟就是他那個聽了「廁所鬼故事」之後，尿一褲子的國小同學。

「我就不信你天不怕地不怕。」小孟瞪了史秋一眼，他最恨史秋每一次都要提起這事。

「誰說我天不怕地不怕了？我怕的東西可多咧，像是通緝犯、流氓、拿著菜刀的瘋子什麼的，我都怕；交不出稿子、寫到一半電腦當機、房東催繳房租什麼的，更可怕！」

「但我就是偏偏不怕鬼，我自己也覺得奇怪。」史秋得意洋洋地說：「大概我生來就有一副惡鬼不侵之身，鬼只能在我面前裝模作樣，不能真的對我怎樣，哈哈！」

用完餐，兩人乘車來到位於郊區、一戶有著花園庭院的華麗別墅前。

他們推開大門、穿過雜草蔓長的花園庭院，來到住宅前門，小孟取出鑰匙開門。

別墅裡採光良好、室內明亮一片，但所見之處，家具凌亂堆放，且積著不少灰塵和蜘蛛網。

兩人接連探看幾間房間，每一間都有些家具、寢具，床上甚至擺著棉被枕頭，若非積滿灰塵，一點也不像無人居住。

「這房子是我老同學他親戚買下來的，第一個月還沒過完就住不下去了，他說這間屋子裡的『東西』鬧得太凶了，我老同學親戚一家，幾乎是逃難逃出來的，除了隨身的重要物品之外，大部分的家具都留在屋裡。」小孟解釋著。

史秋點點頭，獨自走上二樓，二樓也有數間房，其中一間敞開著，裡頭堆積不少食物瓶罐，像是開過派對一般。

「這間房應該是我那老同學的傑作了，他本來不信鬼神，有一次向他親戚要了鑰匙，帶著幾個朋友來這裡玩，說要趕鬼，嘿嘿，最後他們是屁滾尿流一哄而散。」小孟邊說，看看窗外，窗外的晴朗陽光使他放心地帶領史秋在屋中遊覽。

兩人逐間看著房間，二樓之中有不少空房，還有一間書房，書房中有幾座大書櫃和一張大桌。

史秋歡呼一聲，來到那大書桌前，伸出手指在桌面上劃過，劃開一條灰塵，底下是黝黑精亮的桌面，史秋歆羨地說：「我也好想有這麼一張大桌子。」他邊說，邊看看兩旁的高聳書櫃，堆滿了他見過和沒見過的書，搖著頭說：「眞是浪費啊……」

小孟拉開大書桌旁的窗簾，讓更多陽光射入，說：「這兩天你就待這間房好了，這扇窗子大，陽氣十足，最重要的是我給你的念珠跟護身符你得戴在身上，別拿下來啊！」

「嗯，這裡不錯，比我家好太多。」史秋自己也滿意這間書房，他立刻將背包和筆記型電腦放下，捲起袖子打算將這裡稍微打掃一番。

「等等！」小孟將史秋拉出房間，帶著他來到另一間房前，那間房門上貼著一張寫得驚心觸目的符籙。

小孟指著那房門說：「我得特別提醒你，我老同學跟我說，有一間門上貼著符的房間，千萬別進去。應該就是這間房，你可要記住我說的話，我同學說，當初他和朋友就是闖入這間房間，差點沒給嚇死，這一張符呢……」

史秋順手就將符撕下，捏在眼前瞧，說：「寫得亂七八糟，難看。」

「哇啊——」小孟驚叫一聲，踢了史秋屁股一腳，罵：「你有沒有聽我說話！你別亂動人家家裡東西，你幹嘛把符撕下來？」

史秋嘿嘿一笑，抓著門把將門轉開，房裡頭也一樣陽光朗朗，有一張大床、衣櫃、梳妝台……

「哇！我不管你了，你這個百毒不侵的傢伙，我服了你了，你好好寫稿吧！」小孟見史秋連房門都開了，嚇得趕緊下樓，在大門前遲疑了一陣，轉頭看著二樓的史秋，大聲問：「我後悔帶你來啦，你乾脆找別的地方寫吧……」

史秋呸了一聲，說：「少囉嗦，快滾吧，禮拜一記得來接我就行啦。」

「手機記得充電，我再打電話給你。」小孟這麼說，關上大門上車。

史秋聽到別墅外響起汽車駛動的聲音，知道小孟離去了。他來到那間原本門外貼著符籙的大臥房查看，剛剛撕下的符被他隨意扔在走廊地上，小孟給他的念珠和平安符，則還留在他的背包之中。

他將這臥房之中那張大床上的棉被掀起，露出乾淨的床面，決定今晚就睡這間房。

跟著他來到那張粉色梳妝台前坐下，盯著鏡中的自己做了幾個鬼臉，將梳妝台一只一只小抽屜拉出，翻玩抽屜裡零零碎碎的小東西，想像當初在這間屋子裡，究竟發生了什麼讓這家子人急切逃離的異事，而在他們之前的住戶，又遭遇了什麼？

他在樓下儲藏室中翻找出水桶、拖把等，將書房打掃了一番，把房裡堆積六年的塵埃清潔乾淨，他細心地擦拭書房裡那張大書桌，擦出黝黑光亮的桌面後，將自己的筆記型電腦放在桌上，稍微調整出個角度，再擺上兩本筆記本、幾支筆，然後拿出他的單眼相機，對著桌上的擺設拍下照片，作爲紀念。

他撫摸著高級書櫃，來到窗邊望向窗外，看得到底下的庭院，也看得到遠山和樹，以及清朗天空；他悠悠出神地想，若是自己能夠擁有這樣一間書房，那是多麼美好的一件事呀。

他將背包裡的東西整理取出，將兩天份食物和衣服分開放在窗邊的小茶几上，小茶几旁還有一張沙發，更讓史秋羨慕，他想倘若這是自己的房間，可以悠哉窩在沙發裡打字，也能嚴肅伏案大書桌打字，過癮極了。

史秋打開筆記型電腦，他要準備寫作了嗎？不，他還得先好好在這間屋子裡冒險探索一番，所以他取出手機播放音樂，拿著筆記本和筆，在房子之中四處探險起來。

這間別墅上下二樓，有八間房間、四處衛浴設施和一個儲藏室，他逛了半晌，除了有些房間之中稍微凌亂，和客廳家具凌亂堆放，以及二樓臥室門上那張符之外，並沒有特別顯露「這裡鬧鬼」的跡象。

當他坐在庭院中花圃旁的石階上，在筆記本記下第七個故事靈感時，覺得有些睏，伸伸懶腰，打了個大大的哈欠，返回別墅，來到被他撕下符咒的臥房，躺在雙人大床上，沉沉睡去，一點也沒將小孟的叮嚀放在心上。

他這一覺睡得真久，醒來時，太陽已經下山了，他洗了把臉，回到書房，用過晚餐，在漂亮大書桌前坐下，終於要開始寫作了，他一面翻看記事本，一面開啓那個只寫下開頭的文字檔案，將數百字全部刪去，重新自第一個字開始寫起。

時間點點滴滴地推進，窗外已漆黑一片，一陣陣夜風伴隨著蟲鳴鳥叫吹拂進房，使他覺得十分舒適宜人。

然而史秋電腦中的文字檔案進度卻推進不多，他寫了又刪、刪了再寫，他啊呀一聲，再度將寫好的一整段文章全部刪除。

他懊惱地抓抓頭，開始惋惜第一次刪去的那段開頭了，但他又十分不願意將那段開頭重打一次。

他焦躁地站起身，揭開一袋零食，抓出一把往嘴裡塞，再大口吸吮包裝飲料。

他在書房裡繞圈踱步、苦思情節，突然覺得窗外吹入的夜風變得黏膩陰冷而非先前那樣舒適涼爽。

噹——噹噹——

史秋這時才發現書房之中有一只時鐘，時鐘上的指針到了午夜零時，發出噹噹鐘聲。

「電影裡的鬼通常都是在午夜時分出沒的，嗯，通常也有一個時鐘沒錯，鐘聲一響鬼就要來了……」史秋喀啦喀啦地嚼著零食，突然發現門外一道白影一閃即逝。

書房中的燈光激烈閃動起來，一陣青、一陣藍。史秋趕緊奔回書桌前，他擔心自己的筆記型電腦讓這陣古怪電波弄得當機，但他剛回到座位，燈光便恢復了。

他坐下，看看一旁大窗，一陣陣的風更加淒厲地吹入房裡，風中隱隱透著神祕鬼哭咆哮。

「這麼晚才來，你爸我都睏了……嗯，總算像那麼一回事了。」史秋滿意地點點頭。

史秋閉著眼睛感受那黏膩腥風老半晌，像是醞釀好情緒的鋼琴家，高高揚起十指，在鍵盤上劈里啪啦地敲擊起來，這次開頭順暢多了，他決定寫一個身染重病的女孩，躺在病床上已經兩年，在生命最後一刻的某一天，一陣風吹拂至女孩雙眼之上，女孩開始見到許多以前不曾見過的事物——當然是靈界來的事物。

史秋不免想，若這個女孩見到的不是鬼怪，而是外星人，那麼這樣的開頭，就會發展成一篇科幻故事；若吹入窗中的不只是風，而是一封情書，那麼或許能夠演變成一部感人愛情故事；或者那封信打開卻不是情書，而是一整篇「我幹你老××」之類的髒話，那就會變成一篇莫名其妙的怪奇故事；又或者那信封打開，竟是女孩日常起居、吃藥洗澡拉屎等隱私照片，那麼就是一篇恐怖變態偷窺殺人魔的故事了……

史秋天馬行空地亂想一通，正考慮自己是否該轉換跑道，寫寫鬼怪以外的題材，他一面望著大窗發呆，一面喃喃自語：「如果我不是用電腦寫小說，而是以紙筆寫小說，那現在筆應該會自己動起來了吧，像是碟仙、筆仙、扶乩那樣……」

他索性將電腦推遠，將筆記本拉到面前攤開，拿起筆，在他還沒想到要寫些什麼時，筆果然自己動了……

寫下十四個「死」字。

一個比一個淒厲，最後一個死字甚至劃破了筆記本。

「去你的！」史秋大叫一聲，將筆拋下，罵：「想玩壞我的筆啊！」

跟著，一旁筆記型電腦發出一陣鍵盤聲響，史秋見到他的文章尾端，開始平空鍵擊出一枚枚新字——

在十二年前那個夜晚，這間房子裡……

史秋大喝一聲，搶回電腦，砍去這段文字，將檔案儲存，又開了個新檔案，推至剛才的位置，說：「別寫在我的檔案上，我開新檔案給你，寫吧，記得要存檔啊。」

史秋說完，又伸了伸懶腰，喀啦喀啦地吃起零食，在書房中繞了幾圈，探頭回電腦前看，只見到檔案之中，是一整面的「我死得好冤」、「恨」、「死」等字。

「操！認眞點行不行！」史秋罵了幾句，又將文字刪去，罵：「照剛剛的打！」

「截稿前夕的作家是很暴躁的，別惹我生氣！」他搖搖頭，將剩餘幾口零食往口中一倒，拿起單眼相機，步出書房，他要去尋找新書封面素材圖了。

外頭漆黑一片，廊道之中的壁燈忽明忽滅地閃爍。

他將這廊道明滅景象拍下，且立即檢視所拍下影像，影像中廊道高處，除了一盞盞發散奇異光芒的壁燈外，還有數個人形光體，隱隱約約地站在遠處。

「老套。」他哼了一聲，往廁所方向走去，裡頭的燈光是青色的。

「很好。」他撒完尿，扭開水龍頭，滴答、滴答、滴答，一滴一滴的鮮紅色液體滴落下來，跟著紅漿流竄，將整個洗手台染得殷紅一片。

「被我說中了吧，我看過八百部水龍頭流血的恐怖電影。」史秋隨手關上水龍頭，抬起頭，盯著洗手台上的化妝鏡，說：「在這種情況之下，鏡子裡非得有個女鬼不可，不然就不合規矩了。」

史秋等了一分鐘有餘，鏡子卻無所動靜，他啊了一聲，又說：「我忘了，這些傢伙很龜毛的，通常不會直接出現，我得假裝不經意看到。」他邊說，邊低下頭，佯做洗臉的動作，然後抬頭看鏡。

果然一個蒼白臉龐、長髮披肩的女鬼，就站在他背後，一雙血眼直勾勾地看著史秋。

「對啦，就是這樣！」史秋耶了一聲，指著那女鬼說：「眼睛給我睜大一點，敬業點行嗎？對啦，就是這樣！」史秋歪著頭指點鏡中女鬼表情，大眼瞪小眼半晌，覺得無趣了，這才打個哈欠，離開廁所，摸摸掛在胸前的數位相機，想起忘了拍照。

他來到先前貼有符籙的臥室，臥室裡平平靜靜，在床底下，卻發出一陣一陣痛苦呻吟的聲音。

史秋在床沿坐下，感覺到床鋪輕微顫動，他低頭看著自己雙腳，和那呻吟聲對話起來：「別一直哎哎叫，快出來，你以爲我會趴在地上看床縫？白痴都知道鬼躲在床底下，只有電影裡那些豬頭三才會一面害怕發抖，一面趴在地上看黑黑的縫隙。」

床底下的呻吟聲消失了，一絲絲的黑髮卻瀰漫爬出，捲上大半張床、爬滿整片地板。

「嘿！這畫面不錯喲，很有那種感覺。」史秋跳上床，拿著相機拍下床上黑髮，然後躍下床轉往梳妝台，雙手按著梳妝台桌面，搖晃腦袋看著鏡子說：「老兄，不，大姊，想個跟剛才不一樣的出場吧，給我個驚喜，拜託。」

史秋碎唸一陣，卻無動靜，只好把玩起梳妝台上的化妝品，大都過了期，他打開一盒小的珠寶盒。

裡頭有四枚戒指、一雙耳環。

戒指上各自嵌著一隻斷指，耳環緊扣著一雙耳朵。

史秋將手指和耳朵扔出珠寶盒，將戒指拿在手上打量，驚奇地說：「好像很貴的樣子，之前住在這裡的人竟然連珠寶都沒帶走……」他將戒指放回珠寶盒，站起身要走。

才轉身，淒厲女鬼唰地在他面前倒掛竄下，頭下腳上和他面對著面，怒瞪著他。

女鬼的臉青白而龜裂，雙目烏黑一片，淌下墨一般黑的汁液，一張口也是青黑色的，口中斷舌處不斷冒出黑色漿汁。

史秋回頭從桌上拾起那雙耳朵，對著女鬼雙耳處比對，這才發現女鬼已經有耳朵，失望地說：「我還以爲耳朵是妳的……」

女鬼垂下雙手，那雙手皮開肉綻，泛冒出黑血，指甲伸出，緩緩地朝史秋頸部伸去。

「原來手指也不是妳的。」史秋捏起剛剛從戒指取下的手指，以指尖輕輕摳搔倒吊著的女鬼的鼻孔，靈機一動，將幾隻手指全塞進女鬼口中，跟著和女鬼站在同一側，和她臉貼著臉，端著相機替自己和女鬼拍了張合照。

「表情不夠生動。」史秋檢視數位相機拍下的影像，拍拍女鬼的臉，走向衣櫃，衣櫃門縫閃爍著淡淡紅光，史秋猛一拉開櫃門，裡頭窩著一個肢殘體缺的中年男人，獨手抱著一個小孩，兩個自然也都是鬼了，那男人的雙目處是兩個血洞，一張嘴也不停淌流著鮮血，小孩蒼白無神，一雙沒有眼白的黑色眼珠子直勾勾地朝史秋瞧，突然張口大叫，叫聲尖銳淒厲，像是自地府竄上一般，充滿了怨毒和恨。

「哭夭喔——」史秋賞了那小鬼一巴掌，小鬼陡然住口，露出猙獰面目，雙眼暴怒泛紅，利齒一根一根突出。

史秋蹲起馬步，朝裡頭照了三、五張，滿意地點點頭，關上衣櫃門。回頭看看那倒吊著女鬼仍吊在原處，透過鏡子和他四目相對。

史秋也不理睬那女鬼，他離開臥房，覺得有些失落，傳說中的鬧鬼臥房並沒有想像中刺激。

他下樓，來到餐廳，本來漆黑、空無一人的餐廳，此時擠了幾個傢伙，衣著破爛、面目猙獰，圍坐在滿是塵埃的餐桌旁，吃食著碗中蛆蟲腐物。

「看這邊——」史秋替他們拍了照，走至廚房。

廚房裡有個無頭大媽，正切剁著不知什麼東西，稀稀爛爛、黏糊成一團。

史秋通過後陽台，來到後院，突然聽到一陣一陣轟隆隆的腳步聲此起彼落，史秋怔了怔說：「該不會是一隊軍服破爛、七孔流血的日本兵在行軍那麼老套吧。」

史秋正遲疑著，回頭，一隊軍服破爛、七孔流血的日本兵，肩上扛著沉重的槍械、腰間插著軍刀，整齊地踢著正步，向他走來。史秋側側身子，挑了個好角度，拍下照片，一面想著是否該寫個日軍亡魂的故事，但他已經寫過類似的題材，只好放棄。

他見到樹梢上掛著一些人頭，個個慘不忍睹、面目全非，他不解地喃喃自語：「這房子還眞厲害，什麼鬼都有，是因爲我撕下門上的符的關係嗎？」他走到一棵樹前，有顆鬼頭離他頗近，七孔透著青光，頭髮倒豎著捆結在樹梢上。

他隨手解下那七孔發光的人頭，揪著頭髮提在手上，猶如提著盞青光燈籠，繞過大半個陰暗庭院，回到別墅正門，又走入別墅。

客廳正中央，有個白衣女鬼上吊在客廳中央的水晶燈飾下，一雙怨毒眼睛瞪著他，舌頭掛至胸前。

「身材這麼好，眞可惜。」他撥開女鬼長舌，摸摸女鬼胸部、拍拍她屁股，走回餐廳、步入廚房，將那青光鬼腦袋擱在無頭大媽的頸上，對她說：「送妳個頭，還附帶照明，夠意思了吧。」

那顆頭模樣是個粗壯漢子，一雙青光眼睛凶狠地瞪著史秋。

「幹嘛？不喜歡大媽身體？很挑唷。」史秋拍拍那人頭，離開廚房，轉上二樓，找著另一間浴室。「哦，鬼屋最重要場景之一——浴缸！」他坐在浴缸沿放水，拍拍水龍頭，說：「這是我要洗澡的水，別給我流黑色或是紅色的，藍色綠色也不行，要透明的！」

熱水滾滾流出，史秋又轉開冷水，直到接了一缸八分滿的溫暖清水，他才褪去衣褲，踩進水裡，窩躺進浴缸。

如他預期，他正對面，也就是雙腳處的水裡，浮出一個腦袋，又是個青面女鬼，一張臉陰惻惻的，雙眼瞪得又大又圓，像有滿腔怨恨。

「吶！」史秋坐直身子，從水裡牽起她的手，將一塊海綿塞入她手中，轉身背對著她，說：「幫幫忙，謝謝。」

女鬼臉龐湊近史秋側臉，一雙滿布傷痕的青慘雙臂繞過史秋胸前，撫抓著他胸腹。

「幹嘛！想非禮我呀！」史秋反手賞了女鬼一耳光，嚴肅地要她乖乖擦背。

女鬼幫史秋刷起背來，悲悽呢喃著：「我恨……」

「恨也要刷啊，就像我也恨，可是還是要趕稿啊！大力點行不行？」史秋打著哈欠、扭動脖子，滿足地長長吁氣。

他洗完澡，抱著脫下的衣褲，光溜溜地走出浴室、回到書房，換上乾淨衣物。

書房裡除了滴答走動的時鐘聲之外，再也沒有別的聲音。

「好了沒？我看看。」史秋回到書桌前坐下，檢視著筆記型電腦中的文字檔案，發現檔案之中，記載著數篇片段。

有一對情侶，男人常常購買玩偶贈送給女人，討她歡心。其中一隻玩偶身中，有鬼。鬼玩偶嫉妒不斷加入的新玩偶，有一天晚上，他拿起剪刀，他不希望有其他玩偶，和他分享女人的懷抱和疼愛……

張大年是一個外地北上的工地工人，居住的房間又小又亂，但電視、冰箱之類的電器用品一應俱全，該有的都有，張大年無聊的時候，就喝酒、看電視。某一天晚上，電視機裡的節目讓他露出了猥褻的笑容……

三樓的小女孩，每天攀在窗沿，瞧著對面樓下院子裡，那個和藹可親的老奶奶，餵著癱瘓中風的老爺爺吃東西。老爺爺在吃飯的時候，會露出笑容……

史秋挑出這三則片段，歪著頭想了一會兒，對四周拱拱手說：「多謝、多謝，點子還過得去，讓我改改，說不定會紅喔。」他精神來了，又打開一包洋芋片，將裡頭的手指頭挑出扔了，抓兩片洋芋片吃下，專注地替那三篇開頭寫著後續發展。

他雙目緊盯著電腦螢幕，不理會身旁突而出現、張牙舞爪的淒厲女鬼。

他十指飛快起落、鍵盤聲規律敲響，他無視躲在桌下怪叫的小男孩。

他將故事一段一段推進，一點也不把那雙目淌血、將一本一本書自書櫃上扔下的中年男鬼放在眼裡。

只有在他身後一隻青色手臂伸來要按他的鍵盤時，他才會生氣地撥開那手，罵說：「別亂碰！點子或許是你提供的，但細節由我來寫，我要怎麼寫你無權干涉！」

史秋的雙眼發亮，他覺得全身都散發著「狀況極佳」的訊息。

□

引擎聲靜下，小孟打開車門，提著早餐前往別墅大門，開門，此時是週一上午八點，他向裡頭喊：「史大作家，交稿囉——」

客廳裡，史秋正拿著抹布將一張桌子擦拭得乾淨發亮，和進來的小孟打了個招呼。

「咦？」小孟有些驚訝，走至史秋身邊，打量著他，呢喃問著：「你有洗澡？」

「這很奇怪嗎？」

「也有刮鬍子？」

「你也有刮鬍子啊。」

在小孟本來的預期中，史秋會因爲連兩晚趕稿而疲累無力、眼圈發黑、鬍碴滿臉、頭髮油膩、身子發臭、聲音沙啞——史秋以往十數次交稿，都是這德行。

但此時的史秋卻神清氣爽，開朗地笑著，將手中的抹布拋入一旁水桶，從小孟手中搶過早餐，拿至桌上拆開袋子，大口吃著。

「你沒有熬夜嗎？還是一整夜都沒睡？」小孟不解問著。

「熬夜？我第一天是有熬夜啦，但昨天睡得還不錯，今天一早就醒來了，正在構思故事劇情呢。」史秋聳聳肩說。

「什麼？構思！」小孟驚愕地說：「今天應該要交稿了，你還在構思？我打電話給你，你不是說進展順利嗎？」

「囉唆，給我坐下！」史秋瞪了小孟一眼，將隨身碟扔在小孟手上，說：「本來就進展順利，我昨天晚上就寫好了，現在想的是新故事，我不是每一次都拖稿，不要隨便冤枉我！」

「是……是這樣子的嗎？」小孟接過隨身碟，拿出自己的筆記型電腦，檢視隨身碟內容，裡頭果然有數則短篇鬼故事。

小孟點開每一則文字檔案，檢查字數和大致內容，生怕史秋給的是只有篇名的空白文件，或是內含幾千個「恭喜發財」的灌水檔案，事後才推說檔案存錯，又拖上十天半個月才交稿。

他確認每一篇故事都是有頭有尾的完整故事後，這才又驚奇又佩服地問：「哇！比預計進度還多兩篇故事，等於超前進度、有積稿了啊！你這幾天鬼上身了嗎？」

「鬼上不了我的身。」史秋神祕地笑，抹抹嘴邊蛋餅渣，說：「不過這兩天十分精彩是真的，嘿嘿，真多謝你了。」

「十分精彩？」

「是啊，第一晚我就碰到一狗票鬼，雖然還是老套，但碰巧其中一隻鬼生前好像也是個靠寫小說混飯吃的，可惜書不賣、房租交不出來，上吊掛了，筆名叫星什麼碗糕的，記不起來，總之他替我想了幾個題材，經過本人修改補述，就成了你看到的這幾篇故事了。」史秋得意洋洋地說。

小孟張大了口，愕然地看著史秋，不知道該不該相信他的鬼話。

「第二天更絕了，這別墅方圓幾里之內的鬼應該都來了，把屋子擠得水洩不通，都說想嚇我，我只好叫他們排隊領號碼牌，他們嚇不倒我，只好一個個囉哩巴嗦地講他們生前的事。誰想聽他們生前的廢話呢？所以我就叫他們講死後的事，哇，這下可精彩啦！」

小孟抹了抹額頭冒出的汗，問：「嗯，然後呢？既然你沒熬夜，待會和我去公司看你作品集的封面打樣如何？」

「啊，說到這個封面啊……」史秋從口袋中取出單眼相機記憶卡交給小孟，興奮地說：「這個拿去，裡頭可精彩咧，隨便挑一張讓設計處理處理，都可以當成封面。至於我嘛……我想多待幾天，把那些傢伙的怪故事聽完再走，這些點子加加減減，可以讓我寫好幾年啊。」

「什麼！」小孟不可置信，嘮叨問了半天，拗不過史秋，只好匆匆吃完早餐，帶著隨身碟走出別墅。

小孟踩踏在庭園草地上，回頭看看。

史秋倚靠在二樓書房窗邊，向樓下的他打了聲招呼，然後回頭，自顧自地與書房之中不知是誰交頭接耳談著。

小孟打了個寒顫，不敢多加逗留，趕緊駕車趕回出版社，他摸摸口袋中的相機記憶卡，猶豫著待會是否該檢視裡頭的照片。史秋不怕鬼，但他怕。

成人光碟

「善有善報、惡有惡報、不是不報、時候未到——」

這十六字箴言，在現今的社會，已漸漸被當成放屁。

越來越少人相信報應這回事，就連筆者自己也不信。

但相不相信是一回事，和許多人一樣，筆者仍然盼望著，報應能夠存在。

當然，做惡的人自然不會這麼盼望。

在眞實世界中，報應或許只是一種警惕、安慰性質的傳說，

但是在小說裡，作者能使它眞切存在。

張大年提著裝有食物的袋子緩緩上樓，經過十餘小時揮汗賣力工作的他，渾身肌肉痠疼、全身每一處地方都流露著疲憊。

他老家在南部，一年前北上工作，在一處工地裡以一副結實身軀換取到還算不錯的薪資；他將大部分薪水存入郵局戶頭，僅留下一小部分生活度日。他租下一間十分骯髒破舊的雅房，租屋單位中另外兩間雅房，則住著另一個工人和一個呆頭呆腦的大學生。

張大年每次回家時都接近深夜，但由於另兩間雅房住戶通常比他更晚睡，他便也毫不顧忌，喀啦啦地開門，走過狹長廊道，來到自己房門前，脫鞋開門進屋。

房間裡充斥著他這大男人的體臭味和老舊房屋發出的霉味，他將食物袋子放上桌，揭開來唏哩呼嚕地將食物吃盡，取來一瓶藥酒，旋開瓶蓋灌了兩口，這才起身拿起換洗衣物，離開房間洗澡。

他洗完澡，穿著短褲回房，拎著七分滿的藥酒瓶，打開電視機，懶洋洋地坐上床，倚著枕頭一口一口啜飲藥酒。

每晚下班後喝酒看電視，是他生活中唯一的娛樂，他不像同層租客王同學，每晚玩網路遊戲到天亮，也不像另個租客何工頭時常徹夜不歸，將賺來的錢都花在援交妹子身上。

張大年僅需一瓶或者兩瓶藥酒，一只電視遙控器，就覺得滿足了。

這天他一如往常地切換電視頻道，儘管他的生活是這樣的單調平凡，但他終究也是個大男人，四十出頭，每晚喝藥酒，他的身子仍然硬朗得和二十來歲的年輕人一樣，他也會想要女人，但也只能想想而已。他按著遙控器，在數個本土深夜頻道來回跳著，頻道裡還夾雜著幾個成人鎖碼頻道，偶爾轉到時會清晰一兩秒，隨即沙沙花亂；他不曉得鎖碼原理，只猜想轉台時的短暫清晰，或許是頻道商刻意誘人付費的花招。

張大年盯著那一幕幕閃爍即逝的香艷畫面，咕嚕吞嚥口水、大口吞飲藥酒。他嘆了口氣，他除了每天不到一百元的藥酒錢外，再無多餘娛樂預算，自然不能肖想什麼成人書籍、付費成人頻道這樣的東西了。

他只好繼續轉著頻道，由於他的想像力有些貧乏，就連對著綜藝節目裡的美貌明星幻想都有困難，時常會被突然插進的廣告打斷思緒，他只好乾瞪眼，將一瓶藥酒飲盡之後，以手枕著頭，看著花亂的天花板，想著這樣的日子，要到哪一天才能結束？要到哪一天，才能討個老婆呢？

所幸他房間這張大床還算柔軟舒適，頂多那粉紅色小熊圖樣的床單令他感到有些不自在。

他平時總在喝完藥酒的微微醺醉中入睡，在隔天清晨時起床，繼續打起精神上工，但今晚不知怎地，他沒有在和往常相同的時間中睡著，他坐了起來，搔搔頭、打開電視，胡亂轉著頻道。

他生平至今從未失眠過，也不知道失眠是什麼樣子的滋味，總之他覺得自己不想睡。

他先是看了一會兒重播的政論節目，又看了一會兒重播的新聞，再看了一會兒電影台，最後轉回本土深夜節目，素質低劣得讓他想吐。

他感到一股沒來由的鬱悶煩躁，他的視線停在電視機架下方那台光碟播放機上，那台光碟播放機自他搬來時就存在著，但他從來沒有使用過。

「對啊，來看看那片東西……」張大年眼睛突然睜大了些，他想起自己今天上午，爲了撿拾滾進衣櫃下方的五十元硬幣，將衣櫃稍稍挪開，撿回硬幣，同時也發現那片夾在衣櫃後方的光碟片。

那時他順手將碟片撿起，光碟完全沒有保護袋什麼的，赤裸裸一片，由於當時他趕著去上工，便也完全不當一回事，順手就擱在桌上。

這時，當張大年想到光碟片和播放機之間的關係時，像是突然找到了稍微有點意思的事了，他起身，拿起光碟，左瞧右瞧，然後他俯身檢視光碟機一番，插上電源，指示燈亮了。

他花了一分鐘亂按光碟機上各個按鍵，終於使光碟托盤緩緩伸出，跟著他花了十倍的時間摸索，才發現要按下電視遙控器上某個訊號切換鍵，電視畫面才會從第四台畫面跳到光碟播放畫面。

光碟片開始播放了，張大年有些好奇又帶著幾分期待，他希望這片光碟是一片色情片，不然，是一部電影也好，但希望是警匪動作片而非文藝片。

他回到床上直勾勾地盯著電視，畫面是一間昏暗空曠的大房間，陳設簡單，像是單身男人的住處。

拍攝視角像是監視攝影機，影片沒有聲音，畫質也不甚佳，偶爾還夾雜一些雜訊，經過一兩分鐘，空房間仍無動靜，張大年看得一頭霧水。就在他失望起身打算關閉光碟機之際，影片中的房門開了——一個男人拖著一個女孩進房，男人伸手開燈，房間一下子亮了起來。

女孩差不多是大學生年紀，嘴巴貼著膠帶、淚流滿面、不停搖頭。男人比女孩高出一整個頭，女孩是那樣的瘦弱，她的掙扎完全起不了作用，男人將她拉至床邊，甩了她幾個巴掌，將她雙手綑綁至床角柱上。然後，強暴了她。

張大年瞪大眼睛，剛開始時他看得血脈賁張，渾身熱烘烘的，暗暗稱讚現在成人電影竟拍得如此逼眞，跟眞的一樣。

但是……似乎太眞了一些。儘管那女孩嘴上貼著膠帶、儘管影片無聲，但張大年仍覺得自己彷彿能夠感受到女孩當下淒厲的嗚咽悲鳴。

影片裡，男人不停不停地對女孩施以暴力，張大年滿腹色慾一下子澆熄許多，只覺得有些倒胃口。

他搖搖頭，將光碟機和電視機關閉，再關上燈。睡覺。

□

第二天他提著湯麵和藥酒返家，特地敲了敲王同學的門，和王同學瑣碎閒聊幾句，問了些關於成人電影製作過程的事，他心中仍記掛著昨晚看過的那片光碟，令他一整天心神不寧，他希望那只是演戲。

王同學推推眼鏡，對這問題出乎意料地專精，滔滔不絕地講述對於成人電影的各種冷知識，聽得張大年合不攏嘴，直呼遇見一個成人電影博士了。王同學講解完畢，遺憾地推推眼鏡。「你沒在用雲端硬碟、沒有電腦，手機網路也沒有吃到飽，不然我可以傳幾片我的收藏品給你，還是你想在我房間用我的電腦看？你不好意思的話我可以出去吃個麵，不打擾你……」

張大年沒料到平時孤僻的王同學，一聊到A片竟像是個大善人一樣，要出借自己的房間跟電腦讓他獨享，不禁有些感動，但還是拍拍王同學肩膀，笑著搖搖頭。「謝啦少年仔，不用麻煩了……」

張大年返回自己房間，吃光已經泡得漲爛了的麵，喝兩口藥酒，出門洗澡，再進門。

他躺上床，打開電視，亂轉一會兒，覺得索然無趣。

他惴惴不安地再度開啓光碟機，不知怎地，他還是想看看那光碟，掛念著昨晚那部影片的後續發展。

他播放光碟，回到床上，他不確定這台光碟機是否有記憶功能，總之影片內容接續著昨夜關閉前一刻，男人完事後，穿上衣服褲子，隨即關燈離開。

接下來，畫面一直停留在那個陰森晦暗、沒有一絲希望的房間。

女孩不停地掙扎著，房間中只有她一人，她的雙手被緊緊綁在床角木柱兩端，她的身子瘦弱，根本掙脫不開。她的嘴巴貼著膠帶，絕望地流著眼淚。

張大年一會兒看看新聞，一會兒轉回影片頻道，光碟片中的畫面一動都不動，鏡頭完全沒有改變過。

□

張大年恍恍惚惚睜開眼，已是凌晨三點，原來他不知不覺睡著了，電視機的畫面停留在光碟播放頻道，景象依舊，女孩仍躺在床上，眼睛直勾勾地看著天花板，身子偶爾變換一下姿勢，也不掙扎哭鬧了，像是已放棄了希望一般。

「哪有這麼奇怪的A片啦，怎麼那麼久啦……」張大年感到莫名其妙，由於他對光碟容量並沒有太大的概念，所以僅只覺得這部片子未免太長了。

他順手將電視關上，然後他失眠了，怎麼也睡不著，腦袋裡浮現的，都是那個陰鬱的房間、那個可憐女孩、那個施暴男人。

一直到天明，他無精打采地坐起，打開電視，換上上工時穿的衣服，他見到光碟機的指示燈仍然亮著，這才想起昨夜忘記關閉光碟機了，他將頻道切回光碟影片頻道，女孩依舊躺於床上，鏡頭依然沒有改變。

張大年搔搔頭，以爲影片重播了一次，或是數次。

他突然否定了原本的想法——影片並沒有重播，而是持續地向前播放，因爲女孩的面容變得更爲憔悴了，像是餓了一天或是兩天以上。

張大年開始感到這不是作戲拍攝的成人影片，而是一起眞實事件，不知在哪個地方，眞眞實實地有這麼一個女孩，被一個粗暴的男人拐騙或是強擄至房中監禁。

倘若這是一起眞實事件，那麼他必須做些什麼才行。他想先聽聽色情片博士王同學的見解，但是王同學徹夜沉迷網路遊戲，敲門也不應。

於是張大年只好在工作閒暇之餘，向自己工地之中的同事朋友打聽。他這麼問：「喂，阿弟，你有沒有看過一種非常……怎麼說咧，非常奇怪，莫名其妙，眞實的那種……色情片啊……」或是這樣問：「小陳，我問你欸，你有看過……強暴的那種片嗎？」

張大年的同事開始嘻嘻哈哈地取笑起他：「老張啊，你怎麼啦，想女人想到發瘋啦？」

「走走走，晚上下工跟我們去見識見識啦，看什麼片啦，又不是年輕小鬼。」

張大年尷尬地搖搖手說：「沒啦，沒什麼啦！」

這晚他仍然在小吃攤買了一份炒飯，又在便利商店買了兩瓶藥酒。

他酒足飯飽，裸著上身癱躺在柔軟的床上，這晚他喝了比平常更多的藥酒，酒力發揮，看著天花板的日光燈由一個變成兩個、兩個變成四個，順時針不停地旋轉，旋轉……

但他還記得將燈關上才睡。

在深夜中，他聽到一種嘶嘶、嗡嗡……他有點熟悉，又有點陌生的聲音。

他突然醒了，他睜大眼坐起，黑暗的房間之中，只有電視機是亮著的，那嘶嘶嗡嗡聲，是光碟機運作時的聲響。

張大年身子一震，在他尚未去思考是誰替他打開電視、播放光碟的時候，他見到畫面中的女孩，一動也不動地躺在床上，頭撇向一邊，頭髮凌亂，身子似乎是僵硬的，眼睛半睜著，神情充滿了不解，像是在說——為什麼要這樣對我？

女孩死了。

張大年呆愣了一會，他開始感到害怕，或許這不是一部色情片，而是一部恐怖片。他對恐怖片沒有太大的興趣，正準備起身去關電視和光碟機，突然，畫面又有了變化。

男人推門進來了，神情冷冰冰的，一身黑衣，手中還拎著一些工具，是黑色的大塑膠袋和繩子。男人將床上的床單，連同漸漸僵硬的女孩，一同塞進了大塑膠袋裡，一層一層緊密綑綁起來，最後，男人從口袋裡取出了一條紅繩子，上頭有些符籙綴飾，繫在黑色大塑膠袋的結口上。

跟著，他扛著這個黑色大塑膠袋，關燈，出門。

電視機畫面裡的房間一下子暗去，張大年的房間自然也跟著暗了些。張大年感到自己全身冒出了冷汗，他伸手摸找遙控器，好不容易找著了遙控器，將電視關上，也不管光碟機還在播放中，他趕緊躺下，用薄被單蓋覆住自己，想要趕緊睡著，什麼也不去想，頂多明天天一亮，就帶著這片光碟去警局報案。

啪答一聲，電視機又開了。

張大年倒吸了幾口冷氣，他蜷縮著身子，稍稍探頭出被單，電視機裡的畫面持續播放，但速度似乎快上許多，像是影片快轉。

那個男人在房間打掃整理著，又出門、又進門，身上的衣服一件一件都不一樣，時間飛快跳躍。然後有一天，或是那麼一瞬間，男人再也不回來了，房間的個人物品都被清空，空蕩蕩的房間持續了一陣子。

跟著，房間來了沒見過的人，像是學生，學生將房間布置成自己喜歡的樣貌，在裡頭生活著。一樣，畫面非常快速地前進，學生的衣著從厚重外套變成了短袖，在某一天，學生將房間迅速清空，物品裝箱，房間又空了，只剩下那張床。

畫面中那個比張大年房間大上兩、三倍的房間，同樣也是一個租屋單位。

張大年惴惴不安了起來，他緊盯著電視機看。畫面之中來來去去了數個房客之後，空了很長一段時間，差不多是五分鐘左右——影片裡的時光，或許超過一年。

然後，幾個喝著提神飲料的大漢，來來去去地將這間房間隔成更小的房間，新的家具也陸陸續續搬了進來。

張大年的汗又冒了出來，畫面裡，搬入房的電視機，和張大年這雅房中的電視機款式一樣，不過比較新；搬入房的衣櫃，和張大年雅房中的衣櫃款式一樣，不過比較新……

新房客又開始來來去去，最後一個新房客，是個女學生，她替床鋪換上了新的床單。

粉紅色的小熊床單。

光碟片播放到了盡頭，畫面停止，電視機恢復成了藍色背景。

張大年身子不由自主地顫抖起來，那張床，自女孩死去之後，一直使用至今；她的房間，就是他的房間，她死去時的床，就是……

他現在身下這張床。

張大年將頭埋回被單裡，蜷縮在床鋪邊緣，喉間咕嚕嚕地響，他想要大叫，想要逃離這間房，他胸口不停起伏。

突然，他覺得他抱頭的手似乎觸著了什麼東西，在黑暗中，他伸手摸了摸那平空出現在他被窩裡的怪東西——

那是腳，女人的腳。

他陡然一驚，突然明白了，他摸著的小腿，青白而僵硬，混雜著香皀味、汗酸味和霉臭味。

那張床在隔間整修後，反轉一百八十度，張大年現在的上半身位置，是光碟影片中被囚禁的女孩腿腳位置。

張大年不停地哆嗦著，明顯感受到床上有另一個「人」，他僵硬側身蜷縮著，感到床上那「人」在掙扎著。張大年害怕極了，喉間不停起伏滾動，好不容易擠出了這句話：「小妹妹……有仇報仇……有冤報冤……我跟妳無冤無仇……我是個窮人……我生活也很苦……」

張大年不停碎碎唸著，他的確是個老實人，當他呢喃到「我跟妳無冤無仇」時，倒眞有幾分不服氣，覺得自己頂天立地，這一輩子可沒幹過那些下三濫的畜生行爲，就算是什麼冤死鬼，也不應該找上他。他心中既然這麼想，膽子也就大了幾分，同時他也覺得這樣躲下去不是辦法，離天亮還好久，他得離開這間房間。

他牙一咬，拉下被單，猛一坐起身。

女孩猶如先前光碟影片畫面中那樣躺在床上，雙手被緊縛於頭頂上方。

張大年一坐起，女孩腦袋也微微仰起，歪歪斜斜、長髮凌亂、雙眼大睜，和張大年四目相對。

張大年驚恐至極，想要下床，身子卻動彈不得，他只能眼睜睜地看著那女孩，怪異地坐起，朝他靠近，在他耳邊呢喃碎語。

他暈了過去。

□

張大年起床時，一如往常地恍恍惚惚下床，伸懶腰，出門刷牙洗臉，再進門換衣，他伸手去拿遙控器準備打開電視看新聞時，這才想起了昨晚發生過的事。

他心中一驚，手上的遙控器掉到床上，他不敢開電視，呆愣了好半晌，突然懷疑起昨晚發生的事是否只是一場夢。因爲他的精神太好了，像是睡了一場香甜的好覺一樣。

他看看時鐘，快遲到了，他趕緊操作光碟機，將光碟片取了出來，放入隨身提袋之中，出門上工。工作十分順利，不知怎地，他今天特別來勁，覺得全身的辛勞都消失了，他操作著鑽地機，轟隆轟隆地鑽著腳下的水泥塊，施工處是公園之中一個小水池，現在公園內要興建圖書館，得將這個礙位的水池清除掉。

張大年這天工作進度超前，到了午休時間，肚子咕嚕咕嚕叫個不停，他大口將便當扒完，趕緊起身，往幾條街外的警察局走。

「欸……警察，我要報案……」張大年向一個正扒著便當的警察招手，有些不知所措，他從來也沒有報過案。

那年輕警察抬頭看了他一眼，並不特別在意，將口中滷蛋吞下之後，喝了口水，緩緩地問：「你要報什麼案子？」

「這個……應該是……強暴案。」

年輕警察怔了怔，這才有些緊急地問：「受害人呢？你跟受害人是什麼關係？還是……你是來自首？」

「不不不！不是我！」張大年連連搖頭，吞吞吐吐地從提袋中取出這片光碟，說：「在這裡面，有個小妹妹被強暴，最後……最後死了……」

那年輕警察半信半疑地接過光碟，放入自己的電腦中播放。

畫面中一男一女激情纏綿，咿咿啊啊地叫，那是再尋常也不過的日本色情片。

張大年啞然無言，不停地搖頭，電腦中的畫面和他連日所見到的截然不同。

「……」年輕警察操作播放軟體，快轉了幾次，然後看著張大年，問：「你說誰被強暴了？」

張大年趕緊攤手解釋：「警……警察老弟啊，唉！我真的看到一片光碟，裡面一個男的在強暴一個小妹妹啦！可是爲什麼拿過來就完全不一樣了咧，這……」

「會不會是你拿錯片了？」另一個警察也湊了過來，津津有味地看著同仁的電腦。那個年輕警察正經地向張大年說：「大叔啊，有些變態色情片是故意那樣子拍攝的，不是眞的啦……要說有罪的話，應該是妨礙風化，或是違反著作權。這片子是你的嗎？」

「不是不是！」張大年連連搖手解釋：「是我在我租的房間裡的衣櫃底下找到的……」

便這樣，張大年和整間圍上來「辦案」的警局同仁，一同快轉看完那部尋常色情片，一面解釋自己在租屋處發現了一片光碟，光碟之中的畫面云云，由於張大年的口才一向不是很好，緊張慌忙之下，更是顚顚倒倒，含糊不清，且警察同仁們，大多數都將注意力放在張大年帶來的「證據」上，也沒幾個人專心聽他說話。

「就是這樣！我喝醉覺得頭暈，睡了一下，然後，那個電視機就突然開了，嚇死我了！那個女鬼，就在我的床鋪上，嚇死我了！」

「……」年輕警察站了起來，對張大年說：「大叔啊，這樣好了，片子就先留在這裡當作證據，你先回去好好休息，仔細想想再來報案。你喝酒了嗎？」

「我只喝一點……」張大年在工地之中，和同事都會飲用摻有酒精的提神飲料，此時確然身上有些酒氣。

「唉，算了……」張大年搖搖頭，步出警察局，喪氣地回到工地。午休之後，繼續開工，他又開始轟隆轟隆地操作起鑽地機，破壞水池最後一角，身旁的同事則一鏟一鏟地將碎石塊鏟上推車。

突然，張大年覺得手感一變，像是鑽破了最後一層水泥塊，鑽到了空洞之中，他關閉了鑽地機，腳下破碎的水泥塊裂痕底下似乎有著什麼。張大年去扳動那水泥裂縫，他的手指插入裂縫，感到指尖傳來一陣細碎觸感，他扒開一塊手掌大的水泥塊，看見了黑色的塑膠袋。

張大年怔了怔，心中一動，加快手腳清理四周的水泥塊，跟著，他看見了那塑膠袋露出更多的面積，且在塑膠袋口處，有個紅色的繩結。

「哇——」張大年猛然大叫，他不需要多加思考些什麼，他知道了，他轉身奔出工地。四周聚集而來的工人們，伸手去解那塑膠袋，扯下了紅繩結，塑膠袋似乎深藏地底許久，已然變得十分脆，一經扯動便層層碎裂，一陣惡臭撲鼻衝出。

「我發現啦！我發現啦！」張大年幾乎是用衝的衝進了警局，將所有的警察都嚇了一跳，那年輕警察一見到張大年這般模樣，趕緊起身，以爲這醉漢要來鬧事了。

「那個女孩子死在我們工地裡！」張大年沒頭沒腦地說，年輕警察一下子還聽不明白，這時，警局其他同仁已經接到了工地報案電話，騷亂出動，抵達工地。

□

這晚，張大年坐在小吃攤前吃著滷肉飯，他從下午開始就在警察局裡頭做筆錄，警察也去了他臥房調查一番，帶走那台ＶＣＤ光碟機，且通知跟團旅遊的房東回來後立刻來警局接受調查。

儘管事情看似解決了，但張大年卻猶豫不決，他不願再回到那間凶房裡，更不願睡在那凶床上，他一想起昨夜遭遇，那女孩盯著他看時的神情，就不禁猛打哆嗦。

王同學和何工頭，在得知住處是凶宅之後，趕緊避往親戚家過夜，但張大年無處可去，他的親人都在南部，身上的錢不多，捨不得住旅館過夜，工地暫時停擺了，整個水池都被警察封鎖起來。

張大年嘆了口氣，將最後幾口滷肉飯吃完，一個人在街上晃蕩好久，晃回自家公寓樓下，抬頭往樓上看，嚥了幾口口水，取鑰匙開啓大門。

「我張大年光明正大，生平沒做虧心事，如果那個女孩子沉冤得雪，應該也是我的功勞吧，我不但沒有對不起她，而且還幫了她……」張大年一面上樓，一面呢喃碎語，像是說給自己聽，又像是說給「她」聽，提醒她，自己可是無辜的、可沒有害她啊。

張大年閉口了，他不敢再說下去了——

他來到自己雅房外往裡頭看，房間的構造使他站在門外僅能看到床鋪上半側——床鋪上半側，躺著女孩那雙青森蒼白的腿。

「我……叫……你……去……」奇異的聲音自房內響起，聲音十分沙啞，卻聽得出是女聲，沙啞的女聲迴盪猶自未歇，床上雙腿動了兩下，似乎準備下床，聲音中隱隱透出怒氣。

「你……還……不……去……」

「噫！」張大年哪裡肯等她下床，身子一彈，轉身拔腿就逃，他推開鐵門奔至樓梯間，將門大力關上，一跳一跳地狂奔下樓，他衝至公寓外時，還回頭朝門裡看了看，只見「她」正從二樓往一樓走，只露出一雙腳。

「哇！」張大年轉身狂奔，他一面奔跑，一面想：她要我去哪裡？

張大年眼睛一亮，停下腳步，陡然想起些什麼——昨晚嚇昏前，「她」爬上他身，在他耳邊說了些話。

那是一個地址。

「她要我去那邊？去那邊幹嘛？」張大年六神無主，他轉身想回去騎機車，但又怕碰到「她」，他攤攤手，心想那地址離自己此處倒不是太遠，心一橫，用走的好了。

半小時之後，張大年來到那地址附近，這一帶是靜僻的住宅區，四周都是民居。他走在巷弄裡，默默地往目的地前進。

他來到一間公寓前，看看門牌，那住址是一樓，正是他左手邊那戶人家，有個數坪大小的院子，圍牆大門緊閉，屋裡暗沉沉的，他按了電鈴，無人回應。

「唉……到底要我怎樣？」張大年無可奈何，只能在四周不停遊蕩，他不知該找誰幫忙，也無法報警——事實上這件案子警察已經在處理了。

他無奈抓著頭說：「這位大姊、這位妹妹，妳行行好，有什麼事，妳去跟警察說、跟檢察官大人說，我……我不知道怎麼幫妳呀……」

張大年連嘆幾口氣，突然驚見，「她」出現在前方巷口轉角處，她披髮垂頭、一身污穢衣服歪歪斜斜披掛在身上、雙手僵硬下垂、雙腳赤足，一步一步朝他走來。

「媽的！」張大年驚呼哀號，轉身逃跑，他轉進一條巷子，迎面和一對男女撞了個滿懷。

「你他媽走路不長眼睛啊！」男人重重朝張大年推了一把，但張大年體型比那男人壯碩許多，被他這麼一推，只後退兩步。

張大年雖然粗獷，卻是個老實人，他見自己將那女人撞得踉蹌跌倒，十分愧疚，因此對那男人的辱罵也不放在心上，連聲道歉：「對不起！對不起！」張大年邊說，伸手要扶那女人，卻又讓男人一把推開，直到這時，他才清楚瞧見那男人的模樣。

張大年怔了怔，他記得這張臉，他在電視機裡看過——眼前這人便是光碟中對那女孩施暴的男人。

「你看什麼？你看個屁！」那男人又怒瞪了張大年幾眼，跟著諂媚地攙扶著女人，往方才張大年所在的那條巷子走去。

張大年猶然記得影片中那男人形同惡魔、張牙舞爪之時的那副醜陋面貌，此時，這張面貌便囂張地對他怒罵。儘管此時這男人，似乎比影片中老了些，但張大年仍然非常肯定，這個男人，就是影片中的那個男人，他終於明白，「她」要他來這個地方的緣故。

「妳……要我報警抓他嗎？我該怎麼跟警察講？警察會相信我嗎？」張大年探頭看看那對男女的背影，他們一前一後地往那地址走去。

女人取出鑰匙開啓大門，男人緊跟在後，也想進屋，但被女人擋在大門外，兩人低聲交談，不知在說些什麼。

張大年尾隨在後，一步一步跟近，男人和女人已經步入院子，女人的口氣似乎有些無奈，說：「李先生，謝謝你送我回家，但現在時間很晚了，不太方便招待你……」

那男人不死心，說：「那給我杯水喝好嗎？喝完水我就走，剛剛聊得太愉快了，現在我口好渴，不好意思……」

「好吧。」女人點了點頭，打開住處玻璃門，入屋開燈，男人也脫去鞋子，跟了進去。

張大年逗留在圍牆之外，雖然大門未關，但他不敢進屋，不知該如何是好，他身上沒有手機，擔心若是花費時間尋找公共電話，警察趕到時，男人已經離開了。他心想或許等男人離去，跟蹤那男人也不失爲一個辦法。

張大年駐足門外，不時朝裡面探頭窺看，那玻璃門上的方塊花紋，遮蔽住了客廳裡的景象，張大年著急地又等待數分鐘，只覺得這一杯水的時間，也未免太久了。

他覺得頸子之後升起一陣陰冷冰涼，害怕地回頭，視線只轉到肩頭，便隱約見到自己身後站著一個人。

他忍不住哆嗦起來，用極低的聲音說：「妳……妳到底想要我做什麼？我已經幫妳找到凶手了……妳自己解決他好不好？我什麼也不懂……」

他還沒說完，便見一雙手自他腦袋兩旁伸來，繞過他脖子，十指直挺挺地向前直伸，兩隻手腕各有一圈明顯繩痕，那是她被綁在床角柱時留下的勒痕。

「哇！」張大年嚇得往前一跨，已經踏入院子，他莫可奈何地朝屋子走去，不時撇頭，但不敢往後看，只敢用眼角餘光偷瞄，只見她的身影，始終跟在自己身後。不禁無奈低聲問：「妳到底要我幹嘛？」卻也沒有得到回應。

張大年來到玻璃門外，探頭朝裡面瞧，隱約見到裡頭人影晃動，他聽見房裡發出玻璃杯摔破的聲音，和女人的低呼聲——「你要幹嘛？」

這屋子門窗隔音顯然頗佳，若非他幾乎整張臉貼在玻璃門上細聽，且十分專注，絕對不會聽見這玻璃杯破碎聲和女人的低呼聲，左鄰右舍更加難以察覺。

張大年怔了怔，感到背後那股陰寒陡然逼近，此時他心中儘管害怕，但更多的情緒是憤怒——

這男人似乎惡習不改。

自從那女孩之後，男人持續地當著一頭凶獸。

張大年輕輕拉開玻璃門，便見到那女人的雙腳「縮」進了房中深處，且不停踢蹬，顯然是被人摀住嘴巴硬拖進房中。

張大年不再遲疑，猛地拉開玻璃門，大步衝進屋裡，大吼：「混蛋！你想做什麼？」

房裡傳出男人的驚呼聲，男人似乎被張大年的怒吼嚇著，以致於鬆開了摀著女人嘴巴的手，於是女人也發出尖叫：「快來人——」

張大年急忙追進房中，男人正一巴掌將女人打倒在地，還面目猙獰地掄著拳頭，往張大年臉上打來。

張大年捱了一拳，撞在門邊，他身強體壯，這拳僅讓他嘴角流血，他隨即還了一拳，將那男人打翻在地。

「畜生！」張大年滿腔憤怒地撲上男人，騎在他身上狠揍他好多拳，見男人癱軟哀號，這才停下拳頭，轉頭朝那女人喊。「妳快去報警呀！」

女人卻指著張大年身下那男人，尖喊：「小心，他有刀！」

張大年還沒反應過來，腰間陡然劇痛，是男人從褲袋裡抽出蝴蝶刀，插在張大年腰間。

「啊——」張大年哀嚎一聲，平時他最愛看第四台播放的警匪動作片，卻沒想到有一天自己會以生命和惡匪搏鬥。

他的腰腹間劇痛痠麻，想要還擊，但男人猛地拔出刀，又令張大年哀嚎一聲，鮮血濺灑了滿地；男人逆轉情勢，抬膝頂開張大年，還將張大年反壓在地上，倒握著刀就要朝張大年臉上插。

但他刀才落下一半，手腕就被另一隻青森白手抓著。

張大年被男人壓在地上，瞪大眼睛，望著出現在男人背後的那慘白女人。

女人雙手自男人身後繞來，抓著男人兩隻手。

男人駭然轉頭，盯著緊貼著他，還將下巴抵在他肩上的那個女人臉龐。

「妳……妳……」男人驚懼惶恐，像是認出了她，但他沒能叫喊出聲，他的嘴巴，被自己的左手摀住了——

女人自後抓著他雙手，控制他的雙手。

用他的左手摀他的嘴巴，用他的右手，握著蝴蝶刀，一吋一吋地插入他臉頰，向左拉、向右推、向上撩、向下挖……

男人瞪大眼睛，喉間發出陣陣哀鳴，像是怎麼也沒想到，自己一雙邪惡獸爪，竟有抓向自己的一天。

男人持刀動作極慢，臉上血洞越鑿越大，鮮血碎肉滴滴答答地往張大年頭臉上落；張大年極度驚恐加上失血過多，眼前漸漸發黑，只知道女屋主驚駭尖叫地往房門外奔，跟著便什麼也聽不見了。

□

張大年覺得全身微微有些痲癢。

他漫步在一條長道裡，抬頭是灰白燈光，他不曉得這是哪兒，他感到肩頭給人拍了一下，回頭，見到一個面貌清秀的女孩。

他呆愣愣地望著她，認不出她是誰。

「謝謝你。」女孩微微一笑，神情中有些淒苦，她往前走去，張大年則站在原地，看著女孩在一片鐵欄杆之前停下，鐵欄杆後頭發出一陣陣混濁含糊的慘叫聲：「救命，妳不要過來。我錯了，原諒我……」

女孩轉頭望了張大年一眼，淺淺一笑，向他揮揮手。

張大年不知怎地，也抬起手，朝女孩揮了揮。

女孩跨進鐵欄杆，男人慘叫聲更加響亮淒厲。

「報應……」張大年隱隱明白發生了什麼事，突然覺得眼前明亮起來，皺了皺眉頭。他醒了。

他坐起身，發現自己在一張病床上，身旁有個女人，正將水果排上他的櫃子。

「啊！張先生，你醒啦！」女人是他先前跟蹤救得的屋主女人，她感激地望著他，眼中似乎還噙著淚水，對著他說：「謝謝你救了我，謝謝你發現我妹妹的遺體……」

「咦？」張大年一時還沒反應過來，呆愣愣地抓著頭，看自己腰腹之間包裹著紗布。「妳妹妹？」

那女人一面拭淚，一面述說當晚他暈死後的經過。

那晚她驚恐逃出屋外向鄰居求援，警察趕到時，張大年已經暈死，男人一面自殘、一面哭號求饒。

女人被帶回警局做筆錄，這才知道那男人不僅企圖傷害她，且更是張大年今日在工地裡發現的無名女屍的犯案凶手——

是男人自己親口承認的。

儘管他嘴巴被搗了個稀爛，痛得不停掉淚，仍然哭泣哀號、比手畫腳、下跪磕頭地將自己犯過的案件，一件一件供出——他說得有些怠慢，立刻就會動手自己打自己、咬唇摳臉什麼都來。

令女人更加驚訝的是，那無名女屍，就是她失蹤六年的妹妹。

「什麼！妳說那個鬼……不，那個女孩，是妳的妹妹？」張大年愕然地問。

女人點頭拭淚。「我妹妹六年前失蹤了，再也沒回來過，那個可惡的壞人……就是用刀刺你的那個人，他已經承認了，他是凶手……」

男人曾經是工地工頭，拐騙了女孩，凌辱監禁期間，女孩死了，他便將女孩的屍體裝袋，扔入了施工中的坑洞中，灌入水泥，成爲水池一角。

後來，男人搬了家也換了工作，仍不改變態暴虐習性，四處找機會搭訕陌生女子，這數年來犯過不只一件案子，直到盯上這女人。

直到，他被張大年壞了好事，又被「她」強抓著雙手自殘、逼他對警方招供、逼他對女人下跪。

當晚女人和警察聽那男人磕頭求饒，一面含糊不清地喊「姊姊、姊姊，妳妹妹要我向妳認錯」時，還不可置信，只當他吸毒吸到腦袋壞掉，直到昨天ＤＮＡ報告出爐，女人這才相信，張大年發現的水池無名女屍，當眞是她那可憐的妹妹。

女人嘆了口氣說：「他太該死了……他現在被收押在看守所裡，聽說每一天晚上，都大吼大叫，說見到鬼了……」

「那應該是妳妹妹去找他算帳了……」張大年喃喃自語。

「你見過我妹妹?」女人關切地問。

「是啊……可是,我不知道妳相不相信……」

「現在不相信也不行了……」女人苦笑了笑,眼淚在眼眶中打轉,問:「她……她還好嗎?她現在變成什麼樣子?」

張大年茫然地說:「我不確定是她託夢,還是我單純作夢……在夢裡,她向我道謝,她是個很清秀的女孩。」

「對……對……」女人終於落下淚來,握著張大年的手說:「張先生,眞的……很感謝你……」

張大年有些不好意思地笑說:「哪裡的話。」

牽手

筆者在寫作這篇故事時尚不到三十歲，難以得知一對年過八十的白髮夫妻，他們是如何看待彼此，和彼此的過往。我僅能以前人戲劇、故事上的表現，加上自己的想像，推敲編織出這樣子的情境——

或許在走過很多很多年、經歷無數風雨波折之後，他們已不浪漫，激情不再，熱愛退失，但那將會是世上最堅實的情誼之一。

當他們手牽著手的時候，似乎不會懼怕任何事。

小雅今年六歲，她坐在自己的書桌前，大口大口地吃著蛋捲，碎渣不停地落在盤子裡，她一邊以小小的手指撥弄那些蛋捲屑，使之集中、分散，或是變成一些圖形。

當她吃完了蛋捲之後，端起一旁的水杯，咕嚕嚕大口喝著杯中的熱可可，直到她喝完熱可可，嘴巴外已經多了一個褐黑圈圈。她也不拿面紙擦嘴，便端起盤子，一面用手撥著，將盤子中的蛋捲碎屑都撥進了嘴巴。

她覺得有些奇怪，這時的蛋捲屑吃嚼起來，卻沒有先前吃蛋捲時那般香甜了。

「小雅，吃完了沒？」媽媽拿著新換過水的小花瓶進來，擺在小雅房中矮櫃一角。

「吃完了。」小雅一連打了好幾個嗝，抓著一張面紙抹抹嘴巴。

媽媽走來，摸了摸小雅的頭，收去了她書桌上的盤子和杯子。小雅則直直站在椅子上，倚靠著窗子，向下頭看望。

她覺得紗窗阻礙到她的視線，便打開紗窗，將頭稍微伸探出去。

「小雅，不可以這樣！」媽媽重新回房時，見到小雅這樣子看外頭，趕緊上前將她拉下，儘管窗外裝有鐵窗，但這樣的動作對六歲大的小雅而言，還是十分不妥，媽媽捏了捏小雅的鼻子，對她說：「以後妳不可以打開紗窗，很危險的！」

小雅蹲在椅子上，指著窗外說：「那個老阿公怎麼都不動？」

「哪個阿公？」媽媽怔了怔，朝窗外一瞥，那是對面一樓的黃家，黃老先生中風很久了。

在晴朗無雨的白天，黃老先生家人會將輪椅推到院子屋簷下，讓老先生在院子裡透透氣。

「老阿公是不是肚子餓了？」小雅這麼問。

媽媽哈哈一笑，說：「妳怎麼知道老阿公肚子餓了？他告訴妳的嗎？」

小雅搖搖頭，又說：「他好像肚子餓了，我下次上學的時候，帶一根蛋捲給他吃。」

「不行不行！」媽媽啞然失笑，隨即又正經地和小雅說：「妳千萬不可以這麼做，妳會害媽媽被罵死。」

「被誰罵？幹嘛罵妳？老阿公肚子餓了啊！」小雅不解地問。

「就是黃太太啊。」媽媽無奈地說：「樓下黃先生的老婆、黃老先生的媳婦，妳要是讓她知道妳拿蛋捲去餵老阿公，她會把妳臭罵一頓、吊起來打！」

「我只是……想給老阿公吃一根蛋捲，她幹嘛打我……」小雅雖然不服氣，但她也略微知道樓下黃太太的潑辣脾氣，一想到會被黃太太吊起來打，不由得有些害怕，口氣便軟了。

「嗯……因爲這樣很不禮貌，人家老阿公有家人照顧，妳拿蛋捲給他吃，好像是在說他們沒有照顧好老阿公一樣。」媽媽這樣子解釋，她和丈夫買下這間房子已經十年，對樓下黃太太一家子，可是再熟悉不過了。

尤其是那個站在街尾罵人，能使得街口路過的人都覺得是自己被罵到了的黃太太，街坊鄰居沒有人正式測量過黃太太罵街時的音量，但是他們都同意，那絕對是會讓人聽力受損的音量，尤其大家發現黃先生這兩年對鄰居的叫喚，比起前幾年總是慢個半拍時，更對這點堅信不疑。

然而，黃家與鄰居不睦的主要原因，卻非黃太太那副大嗓門，而是她那自私蠻橫不講理、唯我獨尊的性格。倘若是只有黃太太便也罷了，再加上一個小氣巴拉、總是彎弓著背，用斜眼睛看人的黃先生。他夫妻倆可眞是絕配，除了自己在家互相爭吵之外，在外頭也是三天兩頭和鄰居開戰，四處挑起戰火。

黃先生兩個寶貝兒子，更是附近的小霸王，會以各式各樣的方法，去捉弄左鄰右舍的小朋友，當他們將幾個小朋友惹哭時，小朋友的父母會試著和黃家夫妻溝通。

在這個時候，黃太太總是這麼說：「你們又冤枉我兩個兒子了！他們怎麼可能會做出這種事？分明就是你自己的孩子頑皮，他們只是小孩子打架罷了，什麼叫作我兒子欺負人！」

黃先生則是會推著不斷下滑的眼鏡，吊著眼睛瞪人，說：「你說我兒子欺負別人，好，請拿出證據。這個社會講的是法律，法律憑藉的是證據，證據會說話，沒有證據，就是栽贓，你得小心，我能夠告你的。」

然而，有時他們的兒子也有吃癟的時候，在打鬧時吃了虧，哭哭啼啼時，黃太太和黃先生便又出征了。黃太太會吼叫著：「爲什麼你們要欺負我的兒子！爲什麼你們要欺負他！是誰欺負他的，是誰！」

黃先生則說：「這個社會沒有王法了嗎？光天化日之下欺負小孩子？快道歉，否則等著上法院！」

街坊鄰居之中，自然也有些脾氣不是那麼好的，有些鄰居在和他們衝突之後，會怒氣沖沖地想要跟他家拚了，上法院便上法院，也有些年紀稍大的孩子，得知自己弟弟妹妹讓黃家兩個小孩子以惡劣的手段惡整，會氣憤地想要狠狠將那兩個小鬼痛毆一頓，但這樣子的情緒，往往都會被家中長輩壓下。

長輩們會說：「他們夫妻倆是不會做人，但是，你們得看在老先生的份上，別跟他們計較……老先生眞是個好人。」

的確，中風多年的黃老先生，確確實實是個非常好、非常好的人。在他中風之前，古道熱腸、待人和善，數十年來，曾經無數次對遭遇到困難的街坊鄰居伸出援手。

因此，當現在的黃老先生，一動也不動地坐在院子中的輪椅上，呆愣茫然地看著巷子時，大多數的鄰居見了，也只能將對黃氏夫妻的不滿往肚子裡吞。

直到最近的幾個月，黃老先生顯得更加地虛弱，他已經八十六歲了。前一陣子，鄰居們發現，黃家之中除了他們習以爲常的夫妻吵嘴噪音之外，還多了黃太太對著電話叫囂的怒罵聲，他們都知道黃太太在和幾個黃家兄弟姊妹們爭吵，爭吵的內容，竟是爲了黃老先生的身後事。

主要是關於兩棟房子、八百萬存款，這樣子的「身後事」。

鄰居們都嘆著氣，說若是黃老先生仍聽得見、聽得懂人說話，那是多麼令人難過的一件事呢。

□

「不管如何，妳不可以餵老阿公吃蛋捲，知道嗎？所有的人都怕黃太太，媽媽我也很怕她。」媽媽這麼叮囑小雅，將燉湯食材一樣樣放入鍋中。

小雅像是想到了什麼，啊呀振奮地說：「誰說的！老阿嬤就不怕黃太太！」

「嗯？」媽媽捏著杓子攪動高湯，隨口問：「什麼老阿嬤？」

「老阿嬤會餵老阿公吃東西。」

「哪個老阿嬤？」

「就是那個老阿嬤呀！」小雅比手劃腳描述著她昨天和前天，在放學時分，與媽媽返家經過黃家院子時所見情景。

「就是一個老阿嬤，拿一個碗，餵老阿公吃東西。」六歲大的小雅僅能對她看過的事物做出這樣的描述。她還補充了一點：「老阿公吃一吃，就笑了。」

媽媽怔了怔，說：「我怎麼沒有見到？」

「因為妳笨啊——」小雅咯咯笑著，指著媽媽說，隨即轉身往房中跑。

「小雅，不可以這樣子說媽媽！」媽媽有些好氣且好笑，調小爐火，轉身追著小雅回房。

「那為什麼爸爸就可以說？」小雅反問。

「因為爸爸跟媽媽年紀一樣大，是同輩，媽媽的年紀比妳大很多，是妳的長輩，又是妳的媽媽，妳當然不可以這樣子說自己的媽媽，知道嗎？」媽媽笑著說。

小雅爬上窗邊椅子，指著窗下，興奮地說：「媽媽，看啊，老阿嬤又在餵老阿公吃東西了，我說的沒錯吧！」

媽媽狐疑地湊上窗，朝對面一樓院子處看去，但她並沒有見到小雅說的老阿嬤。底下，黃老先生孤獨地癱坐在輪椅上。

「小雅，是誰教妳這樣說的？」媽媽這次顯得疑惑且有些不悅了，她不知道小雅這樣子說，是說謊還是和她鬧著玩，不論是哪一樣，都令她感到不舒服。

小雅卻不明白媽媽這麼問的意思，她仍仔細看著底下，問：「媽媽，老阿嬤餵老阿公吃的是什麼啊？是麵條還是飯呀？」

「妳在跟媽媽開玩笑嗎？」媽媽皺了皺眉頭，雙手輕握住了小雅的雙手，使她看著自己，一字一句地問。

「我沒有開玩笑……」小雅讓媽媽正經的神情嚇著了，但她轉頭看看窗外樓下，又說了：

「老阿公吃得好高興，他在笑。」

「妳還說！」媽媽有些惱怒，正要斥責之時，她見到了黃老先生的確露出了呆滯以外的神情，那神情確實是笑容──自從黃老先生中風後，再也沒有人見過他那爽朗慈藹的笑容了，此時他瞇著眼睛，滿臉笑意，像是有著無上的喜悅和滿足。

媽媽跟著又見到黃老先生腦袋微微一撇，緩緩張開嘴、緩緩闔上。

然後咀嚼。

然後腦袋緩緩擺正。

雖然只是幾個十分不起眼的動作，但重複進行之下，確然像是有個看不見的人，正在餵老先生吃著東西。

「小雅……妳告訴媽媽，那個……老阿嬤，長什麼樣子，穿什麼衣服？」

「老阿嬤跟老阿公差不多老，頭髮白白的，穿黑色的衣服。」小雅靠在窗邊，雙手撐著下巴仔細地向下看，說：「老阿嬤的鞋子好漂亮，是紅色的。」

媽媽陡然一驚，心中有些發毛。

「老阿嬤對著我笑，嗨──嗨──」小雅哈哈地說，朝著底下揮起了手。

「小雅！」媽媽尖叫一聲，將小雅扯離了窗邊，驚慌地關上窗子，拉上窗簾。

「呃……是嗎？小雅這麼說？」爸爸挾著菜的筷子在口邊停下，表情顯得驚訝，他吃下那口菜，想了想，問：「妳是說……小雅說，她見到黃老太太？」

媽媽點點頭，說：「她一直說有個老太太在餵黃老先生吃東西，我起初不信，但是她說的那個老太太的穿著，就是黃老太太出殯時的裝扮。黃老太太有一雙繡花紅鞋子，是黃老先生送給她的。黃老太太去世時，小雅才兩歲，她不可能知道那鞋子長什麼樣子，但是她確實說中了。」

「或許是和鄰居小朋友玩，聽其他小朋友說的。其他小朋友，當然是聽他們爸爸媽媽說的。」爸爸這麼假設著。

黃老太太那雙繡花紅鞋子，街坊鄰居們都知道。

黃老先生和黃老太太，年輕時十分貧苦，他們最辛苦的那一年，也是他們結婚的第十年；黃老太太拿出存積許久的私房錢，買了昂貴的豬肉，替長期辛勞的黃老先生，好好地煮了一餐盛宴。

黃老先生也有自己的私房錢，他買了一雙繡花鞋送給妻子。黃老太太欣喜地流下了眼淚，她將那雙紅鞋子藏在最寶貴的箱子裡，年復一年地珍藏，一次都沒有眞的穿出門過，一來捨不得、二來不合腳，憨直的黃老先生，買鞋子時忘了妻子腳丫尺碼，他辯稱那是最漂亮的一雙鞋，其他合腳的，都不美。

在數十年後的病榻上，黃老太太睜開眼睛，囑咐兒女取來那雙鞋，她要穿了，鞋子裡早塞著不多不少的棉布，棉布十分陳舊，那是黃老太太很早就準備好了的。

那一天，黃老太太穿著繡花紅鞋，在兒女攙扶下自醫院返回家中。

黃老先生剛中風不久，尚能行動，見老妻返家，急急地出門相迎，夫妻倆呵呵地笑了。

兩日之後，黃家兒女們手臂繫上麻布，鄰居們紛紛前往探視，整條巷子感傷了一段不算短的時間。

在那之後，黃老先生顯得孤獨，時常看著天空，很少與人說話了。當大家茶餘飯後，想起黃老先生時，這才驚覺老先生已經在輪椅上度過了這麼長的一段時間。

「我有點害怕……我真的見到黃老先生嘴巴在動，而且還笑了。」媽媽緊張地說：「你想想，你多久沒有看過他笑了？」

「嗯，就算真的是這樣，然後呢？」

「小雅說，黃老太太對著她笑。」媽媽不安地說。

「笑就笑囉……」爸爸莫可奈何地說：「黃老太太生前人多好，他們老夫妻都那麼好，笑一下有什麼稀奇？」

媽媽搖搖頭說：「這……我當然知道他們夫妻倆是好人，但這種事總是忌諱……你就不害怕一個死了的人對著你笑嗎？」

「那要看是誰啊。」爸爸儘管裝作不在意，但聽媽媽說到「你就不害怕一個死了的人對著你笑嗎？」這句話時，臉頰還是不免抽動了一下。他嗯吭幾聲，吃完飯，在妻子洗碗的時候，翻找起往日相本，瞧著小雅剛出生時，他們抱著小雅與街坊鄰居們合照的照片，其中也有與黃老先生和黃老太太的合照。

爸爸挑出兩張照片，來到小雅房中。小雅正在看故事書，爸爸將照片拿到小雅面前，問：「小雅，媽媽說妳見到樓下老阿嬤在餵老阿公吃東西，那個老阿嬤跟照片裡的老阿嬤，誰比較老啊？」

「就是這個老阿嬤啊！」小雅驚喜地搶下照片，衝跑出房喊著：「媽媽、媽媽，妳看，是那個老阿嬤耶！」

爸爸驚慌地追出房，喊著：「小雅，妳會害我挨罵！」

媽媽自然十分惱怒地將爸爸斥責了一頓，警告爸爸，不要再在小雅面前提起這些事。

爸爸悻悻然地將小雅揹回房間，要她乖乖地繼續看故事書。

他走到窗邊，猶豫了一會兒，撥開窗簾一角，向下看望，老先生已經被家人帶回家中，底下院子空蕩蕩的。

□

「喂！」黃家兩個小霸王見小雅經過他們家門前時，朝院子裡探頭探腦，立時罵喊：「妳看什麼看？妳看我們家院子大啊！」

小雅搖搖頭，指指院子裡的黃老先生，說：「老阿公肚子是不是餓了？」

小霸王中那九歲的哥哥，怒氣沖沖地說：「亂講！我們早上有餵爺爺吃過飯。」

「對啊，他又不餓，只吃一點而已。」八歲的弟弟接話。

小雅從書包裡取出一盒蛋捲，裡頭還剩兩根，她說：「我有蛋捲，你們拿給老阿公吃。」

「妳很奇怪耶，他是我們爺爺，又不是妳爺爺，妳多管閒事幹嘛啊！」九歲哥哥手扠著腰，怒瞪著小雅。

八歲弟弟伸手取了一根蛋捲，咬了一口，津津有味地吃著。

「我是要給老阿公吃的，不是給你吃的……」小雅怯怯地說。

九歲哥哥也伸手取走另一根蛋捲，一口咬去一大截。

小雅怔在原地，對他們說：「你們分一些給老阿公吃嘛……」

八歲弟弟捏著蛋捲晃回黃老先生身旁，左顧右盼，見到黃老先生輪椅旁有隻蟋蟀，便伸腳踢那蟋蟀，動作大了，手中蛋捲碎了一小截落在地上，他將那小截蛋捲撿起，在褲子上擦了擦，湊上黃老先生嘴巴。

黃老先生眼神呆滯，嘴巴緊閉。

「妳看，我就說他不餓吧。」八歲弟弟嘻嘻笑著說，將那小截蛋捲扔遠，自顧自地追著那蟋蟀要踩，蟋蟀動作敏捷，東跳西跳，逗得八歲弟弟哈哈大笑。

九歲哥哥將蛋捲塞入口中，進屋回房，開啓電腦要玩網路遊戲了。

小雅獨自走到黃老先生身邊，從蛋捲盒中捏起一小片碎屑，放在黃老先生嘴邊，細聲地說：「老阿公，你是不是肚子餓了？這個甜甜的好吃……」

黃老先生的嘴唇動了動，將一小片蛋捲碎屑抿入口中，嘴巴微微動著，似乎在品嚐那一小片蛋捲碎屑的香甜滋味。

小雅又捏起一小片碎屑在黃老先生唇上，黃老先生又將之吃下。

便這樣，小雅將盒中的蛋捲屑捏得一乾二淨，看看黃老先生，見他口唇微動，似乎還想要吃，便對他說：「老阿公，我家裡還有蛋捲，我去拿來給你吃。」

突然之間，小雅感到後領被拉起，一陣刺癢鑽入她後背，竟是那八歲弟弟，抓著蟋蟀之後，扔進小雅衣服裡。

「哇！」小雅嚇得將蛋捲盒扔下地，嚎啕大哭，她胡亂跳著，伸手往背後掏抓，但她的衣服塞在裙子裡，蟋蟀跳不出來，在她後背亂竄。

媽媽在樓上聽見小雅哭聲，趕到陽台邊，見到小雅在黃家院子裡亂跳大哭，趕緊扔下手中抹布，奔跑下樓。

黃太太像是睡覺被吵醒般，氣呼呼地從家裡出來，鬼吼鬼叫地罵：「是誰在鬼吼鬼叫！」

「她怎麼了啊？」黃太太見到小雅慌張模樣，也怔了怔，看看八歲弟弟。

「不知道。」八歲弟弟聳聳肩，嘻嘻笑著說：「她起乩了。」

媽媽下了樓，三步併作兩步奔入黃家院子，驚慌問著小雅：「什麼事？什麼事？」

「他把蟲子丟到我衣服裡——」小雅嚎哭著。媽媽趕緊將小雅的衣襬自裙子拉出，抖出蟋蟀，怒氣沖沖看著八歲弟弟。

八歲弟弟吐吐舌頭，說：「是她自己跑進我們家的！她跑到我們家來幹嘛？」

「是啊！」媽媽也按著小雅肩頭，一面安撫著她，一面埋怨地問：「妳跑到人家家裡幹嘛？」

「老阿公肚子餓，我拿蛋捲給他吃……」小雅抽噎著說。

「放什麼屁——」黃太太怒吼起來，她胸一挺、腰一扠，嘴巴一鼓就要開罵。

「小孩子亂說話，別跟她計較。」媽媽不等黃太太爆發，趕緊抱起小雅往家裡跑。

黃太太快步跟在後頭，一手扠腰一手指著小雅母女，轟隆隆地吼著：「是哪個不要臉的教小孩子說那些話！意思是我餓著我公公啦，有種的把話說清楚啊！」

八歲弟弟也在一旁幫腔作勢：「偷東西啦、偷東西啦！有人闖入我家偷東西啦。」

黃太太在小雅母女上樓之後，仍然砲火四射，一會兒說「早看你們不安好心」，一會兒說「什麼人生出什麼樣子的種！」媽媽在樓上聽得胸口都要氣炸了，但她又生怕一回嘴可沒完沒了，黃太太是那種飯可以不吃，架不可以不吵；錢可以被偷，架絕不能吵輸的人。

晚上，爸爸也鐵青著一張臉返家，他回家時讓黃先生攔下，對他說了一些關於毀謗、妨礙名譽的法律條文，要他回家轉告妻女，教她們潔身自愛。

因此這晚，小雅先被媽媽罵了一頓，又被爸爸罵了一頓；她是哭紅了眼睛入睡的，她不明白自己做錯了什麼。

□

「小妹妹，小妹妹。」和藹而低沉的聲音，呢喃傳入小雅耳中。

小雅睡眼惺忪地睜開眼睛，見到床邊站著一位黑衣老奶奶，就是黃老太太。

「妳……妳是老阿嬤？」小雅揉揉眼睛，只覺得又驚又奇，那個時常餵老阿公吃東西的老阿嬤，怎麼會來到她的床前，還對她說話。

「今天眞對不起妳呀，我們沒把兩個孫子教好……」黃老太太歉疚地說，她靜默一會兒，又問：「小妹妹，今天妳餵老阿公吃的餅乾，還有沒有剩啊？他告訴我，他喜歡吃那個。」

「眞的嗎？」小雅似乎得到了一些安慰，她跳下床，悄悄打開門，往漆黑的餐廳裡跑，將放在餐桌上的幾盒蛋捲都捧回房間，交給黃老太太。

「謝謝妳，小妹妹，妳是個善良的孩子。」黃老太太摸了摸小雅的頭，苦笑地說：「可惜我兩個孫子，現在這樣，大了要怎麼辦吶……」

「老阿嬤，妳的鞋子好漂亮。」小雅望著黃老太太那雙美麗的紅鞋，水汪汪的眼睛閃閃發亮。

□

那一晚之後，小雅又準備了一些蛋捲和餅乾，等著黃老太太來取，但黃老太太沒有再來了，她仍然時常在午後出現在黃家院子裡，端著一小碗東西，餵黃老先生吃。

這天，天上烏雲堆積，黃太太正氣沖沖地在二樓撥打電話，暴躁地和電話那端大吵。

小霸王兄弟坐在自家屋簷下玩著掌上遊戲機。小雅在窗邊掀著窗簾偷瞧，她見到天空飄起細雨，黃老先生仍呆愣愣地癱坐在輪椅上，黃老太太放下了碗，舉著雙手替黃老先生遮擋紛紛雨絲。

小雅這才隱隱見到碗裡頭黃澄澄的，她並不知道黃老太太將她的蛋捲搗碎後摻了些水餵黃老先生吃。當然，她也聽不到屋簷底下兩個小兄弟的對話。

「哥哥，媽媽說爺爺死掉，我們家就變得更有錢了。」

「呸呸呸！」九歲哥哥推了弟弟一把，說：「你怎麼能說這種話！」

八歲弟弟說：「到時候我想買新的遊戲主機，你呢？你要買什麼？」

九歲哥哥歪著頭想了想說：「我想換一部電腦。」

「電腦很貴耶！」

「你不是說爺爺死掉就有錢了嗎？」

「你不是說不能這樣說嗎！」

小兄弟談論得口沫橫飛，彷彿電腦和新遊戲主機已經到手了一般。

黃老先生眼睛仍然睜著，臉上有著一滴滴的雨水，黃老太太靜靜蹲伏在黃老先生的身旁，替他遮著雨，臉上的神情寧靜安詳，兩個孫子的對話彷彿一點也沒聽進耳中。

「你們兩個！叫你們扶爺爺進來，你們還在玩——」黃太太暴怒地自二樓上吼叫，她怒氣沖沖地罵：「還不快點，免得讓一些三姑六婆見到了，又說三道四，說我們不孝順老人家！」

兩兄弟這才吐著舌頭將爺爺推進屋。

黃老太太站起身，幽幽一嘆，朝這頭樓上的小雅，微微一笑，轉身，消隱在雨霧之中。小雅咦了一聲，想去和媽媽說老阿嬤突然不見，卻又怕被罵，只好不說。

這一天卻不那麼平靜，在傍晚時，黃家兄弟姊妹全來了，黃太太舌戰群雄，以一敵多且還佔了上風。小雅不時自窗邊偷偷向下看，她見到黃老先生的輪椅在靠近院子的屋簷下，他呆愣愣地看著星空，對於家中暴吵一點反應也無。

黃先生下班返家了，戰情愈漸熱烈，怒吼聲此起彼落，叫囂聲劃破長空、廝殺一夜，這一大家子人在疲憊憤怒下一一離去，終於撕破臉，決定訴諸於法律，要找專業律師助陣了。

便連黃先生和黃太太也在一早匆匆出門，像是也急著搬救兵。

小雅起床後，發現今天這個週末是個大好艷陽天，有著清脆鳥語和水露的滴答聲，她見到小霸王兄弟在院子裡捕捉那些雨後出現的蝸牛。

而黃老先生在屋簷下，大口大口吃著黃老太太餵他的東西，眼神之中忽然像是增加了些光彩。

小雅有些驚訝，她從未見過黃老先生這般神態，就連翻找蝸牛的兩個小兄弟，都讓爺爺的模樣嚇著了。

突然，黃老先生搖搖晃晃地站了起來，走了幾步，幾欲跌倒。兩個小兄弟嚇得往後一倒，他們見到爺爺搖搖晃晃地走進屋，小雅則見到黃老太太在一旁攙扶著黃老先生的手臂。

兩老入屋許久，又出來，黃老先生已經換上稍微體面的衣服，斜斜揹著一只黑色包包，還戴上一頂帽子，在黃老太太攙扶下，搖搖晃晃地走出院子。

「爺爺、爺爺！你要去哪裡？」兩個小兄弟追了上去，問著。

黃老先生很多年沒有開口說話了，他先呵呵一笑，摸了摸兩個小兄弟的頭，說：「以後……不要……那麼頑皮了……呵呵，你們長好大了……」

他說完轉身便走出黃家，街坊鄰居全驚愕地圍了上來，伸手要扶黃老先生，黃老先生笑著拒絕了老鄰居們的攙扶，他指著每一個老街坊說：「你是阿彰、你是小菽華、你是阿港、妳是美君、你是嘉祺，嘉祺你長好高啦……你們每一個人我都認得……你們說的每一句話我都聽得見，我的腦筋還很好呢。」

他和驚訝的街坊鄰居們小聊片刻，讓每一個人都聽見他清楚說話的聲音。

他身子微微傾斜一邊，別人都看不到。只有小雅看見了，他是和黃老太太走在一塊。他們手牽著手，在早晨金亮陽光之下，一步一步地走著，走過了好幾條街，搭上了車。

小雅從自己的窗看出，僅能見到黃老先生和黃老太太互相攙扶著拐入巷子轉角。她趕緊告訴媽媽，媽媽不可置信地下樓，樓下的鄰居們已然爭相走告，卻也聯絡不上黃先生和黃太太。

到了夕陽西下時分，得知黃老先生離家的黃先生和黃太太，以及黃家所有兄弟姊妹，連同警察、街坊鄰居們將黃家圍得水洩不通、吵得天翻地覆。

在那夕陽街道的那一端，黃老先生又回來了，這次是坐著輪椅回來的，是一只嶄新的輪椅。還有個莫名其妙的男人推著輪椅，一路將老先生推回黃宅。

所有人見老先生回來，紛紛驚呼叫嚷，一句話也聽不清楚，大夥兒圍住那推輪椅的男人，要他交代清楚，拐騙他們老爸爸是何居心。

「吵死人了——」黃老先生不知哪來的力氣，猛地起身大吼：「通通給我閉嘴！」

四周一下子安靜下來，黃老先生從口袋裡掏出兩張千元鈔票，遞交給那推他回家的男人，和其他人說：「是我請這個年輕人……送我回家的……」

眾人又要爭吵起來，黃老先生惱火地罵：「我辛苦大半輩子……今天看天氣好，出去走走玩玩……不行嗎？」

黃老先生罵完，緩緩窩回輪椅，不再多說什麼。

這一天，黃家之中的騷動可想而知，黃老先生則十分滿足地坐在自己的新輪椅上，不再理會家人和警方的關切詢問。

入夜之後，黃老先生神情轉爲茫然，又恢復成先前呆滯模樣，且甚至更加嚴重些。

三天後，那是一個雨霧濛濛的清晨，黃老先生沒有再醒過來，他的生命走到了終程。

小雅在夢中見到老先生和老太太倚靠在一起向她打著招呼，夢中的她，也舉起手回著招呼。

當她醒來時，尚不知道黃家再一次地爆發騷動了，鄰居們這才曉得，黃老先生那一天出門，還帶著他的房契、銀行存摺，和數封遺書，委託一家律師事務所，將名下所有財產都捐了出去。

黃太太幾乎要發狂了，怒吼著要揪出那個唆使老先生做出錯誤決定的傢伙。

小雅覺得耳朵都給吵得很不舒服，將窗戶關上，拿了一盒蛋捲和一包果菜汁，一面吃，一面讀著故事書。

她突然想試試，將蛋捲以熱水沖得軟一些來吃，不知是什麼滋味。

小明

許多人家中都有玩偶，有些人甚至擁有很多玩偶。

一般而言，擁有許多玩偶的人，對所擁有的玩偶們，總會有較爲喜愛的玩偶，和相對沒那麼愛的玩偶。

那些較受主人喜歡的玩偶大都屬於絨毛柔順、相貌可愛，又或者是價格昂貴、新購不久，更或者是親友、愛人所贈……有其特殊意義者。

大家可曾想過，倘若有天那些失寵的玩偶心懷怨恨時，會是什麼情形呢？

喀吱喀吱，喀吱喀吱喀吱——

深夜寒冷客廳裡，並非是伸手不見五指的黑。開飲機的保溫指示燈、魚缸的照明燈、室外透入的街燈和月光、延長線的電源燈……許許多多的微弱亮源，綜合成一種昏暗的特殊色澤。

三個月大的拉布拉多犬，蜷縮在薄被子堆圍成的溫暖小窩裡，作著香甜的夢。但在下一刻，牠突然驚醒，豎著耳朵仰起頭。

牠聽見一個奇異聲音，像是野獸啃噬獵物時發出的咬合聲。

小拉搖搖晃晃地起身爬出小窩，扭著鼻子四處聞嗅，循著那奇異喀吱聲走去；牠經過飯廳、來到廚房，見到廚房深處有兩個深紅色的亮點。

小拉分辨不太出紅色和綠色的差別，也感受不出淡紅與艷紅的不同，但牠本能地朝那亮點低吠兩聲，夾著尾巴往後退。

牠知道那是一雙眼睛，也感覺得出那雙眼睛散發出一種令牠不敢招惹的氣息。

小拉哆嗦地躲回小窩，瑟縮著、發出害怕的嗚嗚聲；牠還很小，牠希望多被抱抱。

喀吱喀吱喀吱——

獸咬聲持續不停，且離小拉的窩越來越近。

小拉將頭埋入薄被堆裡，在恐懼中緩緩跌入夢鄉；牠露在薄被外的小小爪子不時抖動、尾巴偶爾輕顫，像是墜入了可怕的惡夢。

□

「啊！小拉，看你幹的好事——」婷婷扠著腰，怒氣沖沖地朝小拉劈頭就罵。

她邊罵，還俯身蹲下將一臉茫然的小拉抱起，托起牠的屁股，輕輕拍打幾下。

小拉窩邊散落著棉花和絨毛布，有些較大團的部位，看得出來是手和腳，腳上有黑布縫成的指印，其他諸如嘴巴、眼珠子等部位，亂糟糟散成一團，在這些東西變成這副模樣之前，他是一隻叫作「粉粿」的粉紅熊玩偶。是前年致嘉送給婷婷的情人節禮物，價值六百九十九元。

婷婷蹲下，捧著小拉雙爪脅處，讓牠後足踩著自己膝蓋，將臉靠近小拉鼻尖，皺著眉頭斥責：「你知道你幹了什麼好事嗎？你爲什麼這麼頑皮？」

小拉伸著舌頭，牠哪裡知道自己幹了什麼好事，牠甚至早已忘了昨晚的喀吱喀吱聲和那雙紅眼睛。

牠只知道今天一早醒來，小窩旁邊就散落著這些粉紅色斷肢殘骸，牠也老實不客氣地啃了幾口，就讓伸著懶腰走出房門的婷婷看見了。

「唉……」婷婷莫可奈何地替粉粿收屍，在小拉碗中倒了些飼料，她將粉粿毛皮棉花裝成一袋，拎到客廳坐下，呆愣愣地撥動袋中粉粿的鼻子，越想越不甘心，撥了電話給致嘉。

「喂，小拉把粉粿咬爛了啦！」婷婷嘰哩呱啦地向致嘉抱怨好半晌，這才哀怨地掛上電話，換衣化妝，準備出門趕搭捷運上班。

婷婷離去前，又拍了拍小拉屁股，捏捏牠耳朵說：「你不要以爲你可愛，就可以爲所欲爲。你下次再頑皮，我就會狠狠地打你，或是把你丟到街上去，讓你當流浪狗，知道嗎？」

「汪汪——」小拉開心地叫，拚命搖甩尾巴，牠以爲婷婷花費很多時間換衣後，終於要帶牠出門玩了。

牠好喜歡那公園的青草地、好喜歡那公園的泥土味、好喜歡那公園來來往往的人們摸牠的頭，更喜歡其他狗兒們用鼻子頂牠肚肚的感覺——

但婷婷穿上鞋子後下一個動作，卻不是從鞋櫃拿出牠專屬的小鍊鍊，而是將牠推得遠些，獨自出門。

牠哀叫起來，奔到門前不停扒抓著門。

好一會之後，小拉才垂頭喪氣地晃回小窩，趴伏半晌，起身開始了今日的家中小探險。

牠在客廳繞圈、四處探看。

家中什麼東西可以咬、什麼不可以咬，小拉其實記得一清二楚。牠嗅嗅桌上的抽取式衛生紙，並沒有像電視機裡的瘋狗一樣亂咬一通。

牠聞聞桌腳、嗅嗅沙發，牠覺得需要排泄了，來到牆角旁的便盆，排出一些黑條條跟一些尿；牠雖然聞得到黑條條發出的濃烈氣息，但牠知道自己不可以吃這些黑條條，否則就犯下了比咬爛粉粿還要嚴重的罪行——婷婷可能再也不跟牠玩親親了。

牠排泄完畢、喝了幾口水，繼續探險。婷婷的臥門是緊閉的，另一間房則未關門，裡頭有一排矮櫃，擺放著書籍和飾品；房中另一側地毯上，堆放著超過一百隻玩偶，有大有小、形形色色。

這些玩偶大都是致嘉送的，也有小部分是婷婷自己買的。小拉走到那玩偶堆前，聞嗅著那些玩偶，還擠進去抓抓扒扒。

牠覺得這樣十分舒服，很像剛出生時和兄弟姊妹擠在一起搶奶喝的感覺，雖然牠早忘了那時的一切，連兄弟姊妹是什麼顏色都忘了。

牠在娃娃堆裡睡了一會兒，迷迷糊糊中又聽見了那熟悉的聲音——

喀吱喀吱，喀吱喀吱喀吱——

□

「絨毛娃娃雖然結實不到哪裡去，但妳來咬也不見得咬得破，何況是三個月大的小狗。」

致嘉對於婷婷的敘述感到不可置信。

「是你不懂！如果是三個月大的瑪爾濟斯、博美什麼的，當然咬不破，但小拉是拉布拉多，三個月已經很大隻了，牠現在快跟路上的小野狗差不多大了！」婷婷不滿地反駁著：「況且粉粿爛七八糟的身體就在牠的窩邊，不是牠咬的難道是我自己咬的？」

「很有這個可能啊。」致嘉隨口回答。

兩人嘻嘻鬧鬧地在鬧街上幾處夾娃娃機台前逗留一會兒，失去了十幾枚硬幣，得到了幾隻小玩偶。

跟著，他們來到一家玩偶專賣店裡，決定要買一隻能夠代替粉粿的熊玩偶；兩人挑選許久，婷婷看上一隻四十公分高的鮮黃色熊玩偶，比原先的粉粿略大。

在回程的車上，婷婷已經替他想好了名字，叫作「柳丁」。

兩人買了宵夜，又租了兩片熱門電影光碟，返回婷婷租屋處。

「小拉！好久不見了，眞的變成大狗了！」致嘉逗著蹦跳不停的小拉，還開了個罐頭給牠。他在一個月前來到婷婷家時，小拉只有這時三分之二那麼大。

「你看！」婷婷將裝著粉粿屍體殘骸的塑膠袋，拿至正在將宵夜裝盤的致嘉面前，說：「這是小拉幹的好事。」

搖著尾巴興奮大啖罐頭的小拉聽到了婷婷呼喊自己的名字，抬起頭吠了兩聲作爲應答，跟著又低下頭猛吃。

致嘉接過那袋娃娃殘骸，撥弄一番，拿起幾片斷肢，看了看，遲疑地說：「牠這個年紀，大概牙齒癢吧？」

婷婷指著小拉的小窩說：「我早就買了狗骨頭讓牠咬，結果牠還是咬粉粿。」

兩人吃著宵夜觀看電影，幾個小時過去，他們一口氣看完了兩部熱門電影。

致嘉伸了伸懶腰，佯裝要返家，他打著哈欠說：「好晚了，我得回家洗澡睡覺了。」

「幹嘛回去，在這裡洗澡睡覺啊。」婷婷收拾著宵夜餐盤。

「不太好吧，孤男寡女同處一室。」致嘉誇張地說：「妳不怕發生什麼事嗎？」

「隨便你。」婷婷瞪了他一眼，逗著小拉玩鬧一會兒，回房捧出浴巾和睡衣，懶洋洋地走進浴室。「我要洗澡啦，你要一起洗還是回家自己洗都無所謂囉。」

致嘉嘿嘿笑著，搖頭晃腦地脫衣解褲，還繞入婷婷睡房拿出自己的換洗衣物；他見到婷婷枕頭旁擺著那新來的熊玩偶柳丁，而床尾還趴著一隻三個月前買的北極熊玩偶。

他嘻嘻笑地將北極熊玩偶拎入隔壁娃娃房裡，擺在娃娃堆上，彈了彈他的鼻子，說：「長江後浪推前浪，一代新熊換舊熊，柳丁來了，你節哀順變吧，哈哈。」

致嘉轉身正要走出娃娃房，突然覺得背後傳來一聲細長的輕嘆。

那聲嘆息聲音壓得極低，且充滿了怨怒。

他回頭，房中漆黑寧靜。

他聳聳肩，捧著換洗衣物走出房。小拉追著致嘉跑，在致嘉腳邊追來繞去，尾巴搖個不停。致嘉用腳逗著小拉，跟牠說：「不好意思啊，我不能跟你玩，有更好玩的遊戲等我，你乖乖的，不要吃自己的大便啊！」

「亂講！小拉才不會吃自己的大便！」婷婷在浴室裡喊著。

小拉看著致嘉走進浴室，又剩下自己了。牠晃回自己的小窩，啃咬著狗骨頭，婷婷偶爾會在娃娃身上噴灑些香水，這讓小拉並不會特別喜愛啃咬那些娃娃；偶爾偷咬幾口已經很給面子了，牠更喜歡咬自己的狗骨頭。

就在這時，小拉聽見了娃娃房裡那詭異的細碎聲音，牠好奇地伸著舌頭小跑而去。

在黑暗中，牠見到娃娃堆中一角晃動突起。

那斜斜探出頭的傢伙，是一個三十公分高的小人影——小明。

小明是一隻人形玩偶，有著細長的手腳和一頭褐色的短髮，臉上有些雀斑，身穿小學生短袖制服，揹著一只黑色書包；他是一年半前，致嘉在網路上標購一隻大型棕色熊娃娃時，賣家附贈的三隻小娃娃其中之一。

當他和那隻十分昂貴的大棕熊，以及另外兩隻同為贈品的人形玩偶一同被送至家中時，婷婷便將所有的愛都放在那棕色大熊身上。

小明和另外兩個人形玩偶，在來到這個家的第一天，接受了婷婷習慣性替他們取的名字，之後便直接地被收進了這娃娃房間裡，坐在娃娃堆中的最角落。

那一天，是他唯一被婷婷抱過的一次，婷婷的手柔軟而溫暖。那天之後，那樣的溫暖他再也不曾感受過，他再也沒有被婷婷碰過了。

每隔半個月或一個月，總會有更新、更柔軟的絨毛玩偶來到這個家中，被婷婷抱入臥房，睡在婷婷的床上，受到婷婷的呵護與疼愛。

婷婷有時也會和致嘉一同在娃娃房玩賞那些舊玩偶，偶爾挑選幾隻回臥房，和婷婷及新玩偶同眠幾天再放回來；大棕熊被擺入娃娃房後，被抱回臥房四次，粉粿則被抱回六次。這些大大小小的新舊玩偶，便這樣三不五時輪流被召回臥房抱抱疼愛。

自然，有一部分的玩偶沒有這樣幸運，他們大多是夾娃娃機裡的廉價玩偶、公仔，或者是製造粗糙、長相不夠可愛的玩偶。

小明是其中之一，他的雙眼不像其他玩偶是大大的圓形黑眼睛，而是寬扁狹長的人形眼睛，眼白的部分甚多，眼黑的部分較少，只小小圓圓一點；他的嘴巴緊閉且嘴角下垂，他的褐髮粗糙凌亂。這使他看起來像是個生著悶氣、古怪彆扭的討厭小孩。

絕大多數的女孩，都不會喜歡這樣子的娃娃。

起初，他不能理解，難過且不甘，在夜深人靜時，他會和另外兩個人形玩偶傾訴心聲。

但他們都靜靜地一動也不動，和其他所有的玩偶一樣。

這上百隻娃娃裡，似乎只有小明會動、會思考、會嫉妒、會怨恨。

此時，小明雙眼那瞳孔變得直立而細長，閃耀出艷紅色的光，像是貓、像是蛇。像是厲鬼。

他的腦袋緩緩地轉動，凶狠目光四處掃視，站在門邊的小拉一和那散發著仇怨的視線接觸，便哀叫一聲，轉身奔回小窩。

小明探長脖子，瞅著一旁剛被致嘉扔進來的大北極熊玩偶，這是婷婷極爲疼愛的玩偶之一，至少在這三個月內，獲得了至高無上的寵愛。

每天晚上，婷婷都會抱著這隻北極熊玩偶，和致嘉通電話，不時會拉拉北極熊的手，說：「阿北，你說對不對？」「阿北的毛好柔軟。」「阿北的耳朵好可愛。」

在每一夜，每當小明聽見這樣的話語，心中的怒氣就會更增添一分。

一日一日、一夜一夜，從不間斷地累積著怨恨。

小明歪斜著腦袋，爬過娃娃堆上一隻隻玩偶，爬上阿北身軀、騎上阿北後頸。

小明緩緩張口，他口中竟是滿滿的、不知如何生長出來的漆黑利齒，吭地一口咬在阿北腦袋上，仰頭一扯，便扯下了阿北頭頂那塊毛皮。

張開嘴，絨毛散落，小明心中的嫉妒、憤恨到達了最高點；他細長的手猛一插，便插進了阿北一邊眼睛裡，將那半球形塑膠眼球拔扯出來；小明的力量遠比外觀要巨大許多，輕易地將絨毛皮布撕扯碎裂，阿北的腦袋上出現了一個大破口。

小明瘋狂亂扒抓，將阿北腦袋裡的棉花一團團拉扯出來；他一想到婷婷每晚抱著阿北耳語的樣子，就瘋狂地嫉妒、瘋狂地怨恨——

「阿北的耳朵軟軟的好可愛。」

他將阿北兩隻耳朵都咬了下來。

「阿北的小爪子圓圓的好可愛。」

他將阿北兩隻前爪扯得支離破碎。

「阿北的尾巴短短的好可愛。」

他將阿北屁股上的尾巴一口扯下，咀嚼、扯破、撕開、抓扒……

喀吱喀吱，喀吱喀吱喀吱——

□

小拉在小窩裡翻來滾去，自顧自地啃咬著牠的狗骨頭。

牠也有不少玩具，狗骨頭、小球，和一隻沒有被灑上香水的破娃娃——「咬咬」。

咬咬是買洗潔劑送的廉價醜怪娃娃，婷婷替咬咬取了名字之後，便扔進小拉窩裡，作爲小拉的專屬玩具。咬咬是個長相奇怪的狗娃娃。

小拉啣著咬咬，東拉西扯，咬得好不開心。

娃娃房門口閃爍出詭異紅光，小拉猛一驚，停下口，不再咬咬咬。

小明單手拖著不成熊形的阿北，一步步往小拉的小窩走來。

小拉顫抖起來，一動也不敢動，牠本能地感受到小明散發出來的凶烈氣息，絕對不是牠惹得起的。

小明將破破爛爛的阿北扔到小拉窩前，將一些棉花、皮毛，散落扔在小拉的窩中，將阿北的半球形塑膠眼球，放在小拉的腳邊，臨走之前，還對小拉做出一個陰森的笑容。

小拉嗚嗚哆嗦一會兒，用鼻子嗅嗅腳邊那枚半球形塑膠眼睛。

□

「啊——」婷婷尖叫著，她和致嘉從浴室出來時，見到了小拉身前的慘況，小拉嘴巴還叼著一塊阿北身子裡的棉花。

「小拉，凶手眞的是你！」致嘉也是一驚，和婷婷一同趕了過去。兩人搶下小拉嘴裡棉花，婷婷氣惱地掐開小拉的嘴，朝裡頭看，擔心地說：「有沒有呑下去？你會噎死掉！爲什麼要這麼壞？你爲什麼要這麼壞？」

兩人大致確定小拉沒有將棉花吃下肚後，稍稍鬆了一口氣。婷婷的擔心轉變成怒氣，她又拍打起小拉的屁股，這一次，她拍打得更加大力，小拉唉唉叫著，並不明白自己做錯了什麼，牠只是將小明放在牠腳邊的棉花叼起來而已。

婷婷無奈難過地收拾著阿北的屍身，包進大塑膠袋裡，對著跟在她腳邊撒嬌的小拉大吼一聲：「你還要頑皮！」

小拉驚恐地奔回小窩，將腦袋伏進薄被堆裡，不時抬頭看看、不時嗅嗅咬咬，可憐兮兮地舔舐自己的爪子。

致嘉安慰著婷婷，市面上和阿北相同款式的大北極熊玩偶非常多，他們很快便會重新擁有一隻一模一樣的大北極熊，而且一樣叫作阿北。

婷婷垂著頭回到臥房，抱起床上那新購入的鮮黃色熊娃娃，摸著他嶄新柔順的絨毛。

致嘉熄燈跟進臥房，不忘隨手關上隔鄰娃娃房的門，坐在婷婷身旁。「以後妳睡覺前把門關起來，牠就沒辦法撒野了；再不然，買個籠子把牠關起來，要玩的時候才放牠出來。」

婷婷猶豫地說：「這樣小拉會很可憐。」

「妳自己決定囉。」致嘉輕摟了摟她的肩。

小拉伏在自己的小窩裡，望著致嘉和婷婷的身影，委屈地舔著鼻子。

□

一個小時後，致嘉走出婷婷臥房，從冰箱取出一罐冷飲，躡手躡腳地往漆黑客廳走。

小拉睜開眼睛，見到鬼鬼祟祟的致嘉，立時搖著尾巴跟在他後頭；致嘉瞪了小拉一眼，對著牠比出「小聲」的手勢，低聲說：「別叫，會吵醒婷婷。」

致嘉窩進沙發，打開電視，將音量調至最小——

他不想錯過凌晨直播的球賽。

致嘉蹺著腿、喝著冷飲，腳上拖鞋規律地輕抖，逗小拉抓咬拖鞋。當球賽進行到某個關鍵時刻，致嘉忍不住站起身，和電視機裡那個站在投手丘上，自信非凡、高大神氣的投手，做出了相似的準備動作——

揮臂投出、好球、三振！

「哈！」致嘉動作過大，差點向前撲倒，但他仍穩住身子，握拳拉弓、興奮地想要歡呼大叫。

小拉像是被感染了情緒般原地繞著圈圈、追著自己尾巴。

致嘉大口灌乾飲料，有些坐立不安，或許是球賽的緊湊，令他感到有些飢餓難耐；在廣告時刻，他快步走向冰箱，取出未吃完的宵夜，回到電視機前窩進沙發。

球賽再度開始，致嘉的視線卻沒有停留在電視機上，而是看著斜對角的娃娃房——房門敞著一條縫。

在一刹那間，致嘉並未多想些什麼，他繼續觀看球賽，但心情卻不如剛剛那般興奮激昂，而是有種莫名的古怪感。

突然，他意識到那門不應該開著——

他非常確定自己在進入婷婷臥房前，確確實實將娃娃房門關上了，由於這是爲了不讓小拉進娃娃房，而刻意做出的舉動，因此他對這細節印象鮮明，完全沒有疏忽忘了將門關實的可能性。

他飛快地回想著自己從進房，到偷溜出來看球賽的過程，婷婷比他更先步入臥房，且一直未離開。

不知怎地，他坐直了身子，有些不安地抱起小拉，提著牠的狗爪子左瞧右瞧，低聲自語：「狗會開門嗎?小拉，門是你開的嗎？」

球賽繼續進行，對方的投手也不是好惹的貨色，三上三下，迅速結束半場，再次進入廣告。

致嘉放下小拉，起身來到那娃娃房門前，推了推那半掩的門，輕輕轉動門把。他藉著微弱的電視機光芒檢視門把，一切並無異狀。

娃娃房中漆黑一片，並無什麼動靜，但致嘉就是感到有股說不出的不對勁。他回頭望了望電視機，只見小拉前足按著沙發椅臂，毛躁地亂甩尾巴，不時咧嘴一副想要亂吠的焦慮模樣。

「噓──別叫、別叫喔。」致嘉趕忙關門窩回沙發，抱起小拉輕輕安撫，他感到小拉的身子不時顫抖，似乎對娃娃房有著莫名的恐懼。

隨著球賽繼續進行，致嘉的注意力再次回到喜愛的投手身上──

三壞球後，接著三個好球。

對方頭號打者灰頭土臉地下場。

致嘉差點就要歡呼出聲。

不知過了多久，球賽勝負結果差不多確定了，睡眼惺忪的致嘉將半夢半醒的小拉抱回小窩，搖搖晃晃地往臥房走。

經過娃娃房門前，致嘉甚至再次將娃娃房門打開，重新關實，還伸手推了推門板，確定牢牢關上，這才走入臥房，躺上婷婷身邊。

十數分鐘後，臥房裡便發出了致嘉呼嚕嚕的鼾聲。

喀啦，娃娃房的房門，又打開了。

本來昏沉沉的小拉，一聽那娃娃房門發出的聲音，立時知道發生了什麼事地驚醒過來，牠將顫抖的身體盡量埋入薄被堆裡，低伏著頭不敢多看。

□

鈴——鈴——

刺耳的鬧鐘聲響起，致嘉和婷婷同時驚醒。

按停鬧鐘，兩個人在床上賴了五分鐘，翻來覆去、摟摟抱抱，總算心不甘情不願地下床。今天是週末，但婷婷的工作是排班輪休，因此仍要上班。

他們一前一後地出房，跟在後頭的致嘉揉揉眼睛，突然聽見婷婷一聲怒吼，嚇了一跳，隨即見到小拉窩前散落著奶茶、兜兜、大頭、小狼狗等好多隻娃娃的殘肢碎塊，絨毛布和棉花、鼻子、眼睛什麼的。

「小拉——」婷婷站在小拉窩前，扠著腰，一句話都說不出來，氣得都要哭了。

小拉不安地看著婷婷，又看看致嘉，似乎有滿腹說不出的委屈，牠又轉頭看了看那娃娃房。

致嘉也將視線轉向娃娃房，門半掩著。他心中一凜，連忙上前檢視娃娃房門，和昨夜一樣，並無任何異狀。他莫可奈何地返回小拉窩前，幫忙收拾那些娃娃殘肢。

婷婷替小拉盛了碗飼料，冷冷地瞪著牠說：「你太壞了，我今天就去買一個籠子，把你關起來！」

小拉委屈地哀鳴兩聲，低下頭，連飼料都不吃了，只嗅了嗅自己的狗骨頭、小球和咬咬。

「不太對啊……」致嘉抓抓頭，抓起小拉身旁的咬咬，左右翻看，又從垃圾袋中取出幾截娃娃的殘骸斷肢，仔細比對，不解地對婷婷說：「妳看，咬咬讓小拉咬著玩，已經有半年了吧，雖然破爛，但也沒有斷手斷腳啊？」

「所以呢？」婷婷哭喪著臉說：「你想說小拉對咬咬口下留情嗎？」

「誰知道。」致嘉攤攤手，他又發現一旁桌腳之下還伏著一隻玩偶，他覺得有些陌生，那是個面貌難看的小男孩玩偶，好半晌才想起玩偶的來歷，彎下腰要伸手去撿。「這好像是我們在網路上買大頭的時候，賣家額外送的三個娃娃之一對吧，他叫什麼名字？」

「汪汪、汪汪汪！」小拉陡然仰起頭，吠叫起來。

「他叫小華……啊不對，小明。他叫小明。」婷婷朝著致嘉伸手，想要將小明接來把玩，她見小拉突然大吠起來，急急喊著：「小拉，你幹嘛？不要叫！」

小拉不僅狂吠，還從小窩蹦了出來，竄到婷婷腳邊，不停繞著圈子。

致嘉和婷婷從未見過小拉這副激動模樣。

「你幹嘛啊——」婷婷矮身蹲下要安撫小拉，但小拉倏地蹦起，一口將小明從致嘉手中咬下，轉頭就跑。

「果然你就是凶手！」婷婷怒不可抑，幾步追上小拉，一把將牠攔住，但小拉緊咬著小明不放，婷婷怎麼也搶不回小明。她氣得拿起拖鞋用力拍打著小拉屁股，這才讓小拉哀嚎鬆口。

婷婷起身，翻看著小明身子，只見到他身上還留著齒印。

小拉仍在婷婷腿邊繞圈，焦慮亂叫，還不停蹦跳，像是要婷婷將小明還牠一樣。

「他不是你的咬咬！去找你的咬咬！」婷婷抬起腳，作勢嚇唬小拉，氣憤轉身將小明拎回臥房，擺在枕頭旁邊，摸了摸小明的頭。「可憐，你一定嚇死了。」

小明躺在柔軟的床鋪上，聞到婷婷留在枕頭上的香氣，感覺自己幸福到了極點。

他緩緩、緩緩地側過頭，見到臥房外，婷婷忙進忙出、梳洗化妝，不時和致嘉抱怨小拉的劣行。

小明那下垂的嘴角微微揚高，對自己終於得到婷婷關愛的目光而開心且得意。

但突然，他瞳孔緊縮了縮，嘴角再次垂下，且垂得比以往更低。

他見到致嘉從背後摟著婷婷的腰，在她耳邊親吻說話，跟著，婷婷轉過身，和致嘉正面相擁、親吻，臉上洋溢起他從未見過的幸福神情——

那絕不是娃娃或小狗能讓她露出的神情。

小明的瞳孔縮得更銳，嘴角更加下垂，連額頭上都冒出了青筋。

「再見，等妳下班，我們去逛夜市。」致嘉打了個哈欠，和婷婷來到玄關，倚靠在玻璃門邊，對著將要出門的婷婷揮手致意。

「無賴，你把我家當成你家了嗎？」婷婷白了致嘉一眼，每個月當中，到了週末假日時，婷婷或致嘉其中之一，總會在對方家裡窩上兩三天。

致嘉目送婷婷出門上班，還在陽台朝她輕拋飛吻，抓了抓頭，這才打著哈欠伸著懶腰回到臥房，他昨晚熬夜看球賽，此時正是補眠的大好時機。

他癱躺上床，翻了翻身，調整姿勢，就在他將要闔眼入睡之時，見到了伏在婷婷枕頭上那憤怒猙獰的小明。

「哇——」致嘉猛然一驚，彈坐起來，怔怔地抓起小明，看著他的臉。

「之前沒仔細看，你這傢伙竟然長這麼醜啊！」致嘉提著小明一條腿，下床走向娃娃房，將他扔回娃娃堆裡，抓了抓頭說：「還以爲那賣家大方多送娃娃，原來是沒人要的醜八怪。」

致嘉將娃娃房門重重關上，推了推門板，又打開、再關上，反覆數次，他不時轉頭望向小拉，心中覺得奇怪，他怎麼也不相信一隻三個月大的狗能夠轉開喇叭鎖——如果再大一點、再聰明一點或許辦得到，但現在的小拉伸直著身子也搆不著門把。

此時小拉垂頭喪氣地伏在小窩裡，牠不吃飼料也不理睬致嘉，而是將牠的狗骨頭、咬咬和小皮球堆在腦袋前，和他們一起窩著，彷彿天底下只剩下他們才是自己的朋友。

「裝可憐也沒用啊，今天晚上你就要被關進籠子裡了。雖然不知道你怎麼開門，但你咬爛玩偶大家都見到了。你如果咬剛剛那個醜八怪就算了，偏偏專咬婷婷最愛的那幾隻，你這不是找死嗎？」致嘉聳肩乾笑兩聲，搖著頭走進臥房，撲躺上床，呼呼大睡。

娃娃房裡，小明一動也不動地癱在娃娃堆上。

他的雙眼綻放出凶烈紅光，眼瞳尖銳豎立得像是深夜裡的惡貓一般。

□

躺在床上的致嘉鼾聲大作，睡得又沉又香；但漸漸地，香甜似乎慢慢轉爲不適。

因爲，一條尼龍繩子，套勒在他脖子上，緩緩地緊縮。

在他的枕頭上方，揪著尼龍繩子兩端不住拉緊的小人影，正是小明。

小明齜牙咧嘴，整張臉上都出現了憤怒猙獰的皺紋，雙眼紅如血，嘴巴微微咧開，露出一排漆黑牙齒。他緩緩地使勁，一點一點地勒緊致嘉脖子。

「汪！汪汪汪汪汪——」小拉在門邊拔聲狂吠起來。

致嘉驚醒，同時感到頸子猛然束緊，他胡抓亂扒，恍惚中還不知道究竟發生了什麼事。

他奮力掙扎翻摔下床，痛苦地撐床站起，只覺得頸子上的窒礙緊束感不但沒有消失，反而束得更緊，緊到了令他無法吸氣的地步。

他瞪大眼睛，感到眼前一片暈黑，他腳步不穩，腰際撞著婷婷的化妝台，轉頭一看鏡子，這才見到自己頸子上勒著一條尼龍繩子——

小明猶如攀岩高手般地打橫著身子，雙腳撐踏著致嘉後背，兩隻小胳臂纏著尼龍繩兩端，惡狠狠地緊拉尼龍繩。

小明與致嘉透過鏡子對望，小明咧嘴笑了。

這是致嘉第一次見到小明笑。

笑得極其猙獰，像是老練的獵人，處心積慮終於逮到巴望已久的巨大獵物般的笑容。

「唔、唔唔！」致嘉驚懼至極，反手要抓小明，但小明動作俐落，不停挪動轉身，避開致嘉的手。

致嘉感到眼前逐漸發黑、雙腿也開始無力，他跪倒在婷婷化妝台前，突然見到眼前那小筆筒裡除了幾把梳子外，還擺著兩把婷婷平時用來修剪劉海的剪刀。

他鼓起最後的力氣，取出剪刀，一手揪住頸際繩子一端，喀嚓剪斷繩子。

「嘶——」致嘉終於吸到長長一口空氣，同時感到背上有東西扒動——憤怒的小明。

小明發出沙啞的吼叫，在致嘉身上扒動，不時朝著致嘉身軀猛力啃咬兩口，他咬力驚人，每一口都將致嘉咬得哇哇大叫。

但活人終究不像絨布娃娃那般好欺負，尤其致嘉是個成年男人，可不會輕易坐以待斃，他怒罵一聲髒話後轉身背對床鋪仰躺下去，心想這小傢伙再會爬，這麼一壓看他怎麼逃——

但這念頭還沒結束，致嘉便發現小明比他想像中更加靈活——

小明竄到了致嘉胸前。

致嘉本能地雙手抓住了小明身子。

「哈哈，逮著……」致嘉還沒來得及得意，便感到虎口劇痛，小明狠狠咬了他的手。

「啊——」致嘉痛得甩手亂揮，小明立時鬆口，在空中翻了個跟斗，好似隻機靈的猿猴，一落地便倏地鑽溜到床底下。

致嘉猛喘著氣，蹣跚地退到門邊，看看自己手上傷口那鮮明的齒痕甚至出了血。

小拉伏低著身子，不停朝床底下狂吠。

「小拉，別去——」致嘉連忙撈起小拉，退出臥房，將門重重關上，還大力拉著門把，一面喘氣一面整理腦袋裡那亂糟糟的思緒。

他望著懷中焦躁發抖的小拉，想起那些娃娃們的殘肢碎塊，想起娃娃房門沒來由地自己敞開——

他終於明白究竟是怎麼一回事了。

「現在……怎麼辦？」他可不能讓這麼可怕的小怪物躲藏在婷婷的臥房裡，他知道自己得想辦法解決那傢伙。但他看過許多有著類似情節的電影，在這種情況下，沒頭沒腦地與怪物娃娃肉搏，最後下場通常都很淒慘。

他只好抱著小拉奔過客廳，隨手取了件外套和玄關小櫃上的錢包，匆匆離開婷婷的家。

他先將小拉送入一家寵物美容店寄放，再找了間診所包紮他那滲血右手。

跟著，他在大街上亂晃，一時也想不出對付那傢伙的辦法，他猶豫著究竟該先讓婷婷知道這情形，還是先報警求助，但無論如何，他都得面臨到一個問題——

他究竟該怎麼向他們解釋小明？

一隻具有攻擊性的野猴子？

一個像是恐怖電影裡的惡魔娃娃？

他腦袋自然而然地浮現出一切問題的根源——

小明到底是什麼玩意兒？

他坐在街邊操作手機，連上拍賣網站，進入自己的交易紀錄頁面，找到了當初那筆大棕熊的交易資料。

他正想要照著那交易資料頁面上的電話撥去，電話便已響起。

來電的號碼和他正欲撥去的賣方電話號碼一模一樣。

這可讓致嘉瞪大了眼睛，反而一時不知所措，直到連響十數聲，這才顫抖地接起電話。

「您是王致嘉先生嗎？」電話那方的賣家，聲音聽來沙啞而尖銳，他笑嘻嘻地說：「眞是抱歉，按照時間估算，那孩子應該醒來一段時間吧。」

「什……什麼孩子？」致嘉吞著口水，遲疑地說：「你說誰醒來？」

「一個人形娃娃。」賣方從容地說：「嗯，就是您之前向我們買的一隻大熊娃娃，附贈的三隻贈品娃娃的其中一隻。」

「你……」致嘉一時間不知該說些什麼，他有些焦惱地問：「你送的那東西會咬人你知道嗎？爲什麼送這種鬼東西給我們……你想做什麼？你到底是誰？」

「我就只是個玩具商人而已。」那賣家尷尬地笑著解釋。「其實一切都是誤會，我熟客不少，忙中有錯，那孩子其實不是給你的，是另一個客人指定要買的，但我弄錯了商品跟贈品，唉，那些娃娃都長得差不多——直到前陣子那客人一直催問我說孩子怎麼還沒醒，我爲此煩心好久，還以爲沒效果了……原來是寄錯客人了，造成你的困擾，眞是不好意思！」

「我……我聽不懂你到底在說什麼！」致嘉急急地問：「現在我該怎麼處理『那孩子』呢？他會咬人啊，他剛剛差點殺了我！」

「別急別急——我已經安排好啦。」賣家乾笑幾聲，說了個時間地點。「到這個地方來，我教你怎麼收拾那孩子。」

「呃……」致嘉儘管仍舊猶如身處五里霧中茫然無措，且對那賣家的態度十分不滿，但此時他別無選擇，只能按照賣家吩咐，在約定的時間裡，來到那賣家指定的地點——

那是一處老舊市場的某個出口。

他左顧右盼、四處張望尋找著看起來有點年紀、面貌狡詐的中年男人——這是他憑著那賣家的態度，在腦海中勾勒出的賣家樣貌。

「呃？」致嘉見到一個大約五十幾歲、戴著墨鏡的矮小中年男人直直朝他走來。

中年男人手上提著一只黑色大紙袋，那是他們約定好了用以提示身分的裝扮標記。

中年男人來到致嘉面前，微微按低那褐色墨鏡，露出了個皮笑肉不笑的詭異神情。令致嘉訝異的地方是，這賣家此時的神態模樣甚至長相，都與他想像中相差無幾。

「拿去。」賣家將大紙袋遞給致嘉。

致嘉接過紙袋，揭開來，只見裡頭裝著一個木盒子，木盒子外有兩個深褐色的刻印字跡——「秋子」。

他急急取出木盒子，揭開來一看，裡頭裝著一個三十幾公分高的日式女娃娃。那女娃娃一頭烏溜長髮、穿著桃紅色和服、眼睛又圓又大。

「又是娃娃？」致嘉伸手想取出娃娃，但手指還沒碰著，那女娃娃便朝他眨了眨眼，微微一笑。

「喝！」致嘉猛一驚，差點要將木盒子連同娃娃一齊摔下地。

賣家伸手托住木盒，還扶住致嘉胳臂，賊嘻嘻地笑：「你明白了吧。」

「我……我不明白。」致嘉瞪大眼睛說：「你說要教我解決那個鬼東西，卻給我……給我這個……娃娃，我到底該怎麼做？」

「你什麼都不必做。」那賣家微微笑著，褐色墨鏡底下的眼睛閃耀著奇異光芒，沙啞地說：「你把她帶回去，讓他倆獨處，她自然幫你把那孩子處理掉。」

「就這麼簡單？」致嘉有些訝然。

「就這麼簡單。」賣家笑著點點頭，絲毫沒有繼續逗留的意思，轉身就要往市場走。

「等等……」致嘉滿腹好奇，有太多事情想知道，他追上去問。「這……這到底是怎麼一回事？那鬼東西到底是什麼？」

「王先生，那孩子本來是其他客人的貨品，我沒辦法向你透露其他客人的隱私呢。」賣家笑了笑，推了推褐色墨鏡。「今天，我只是做售後服務而已，往後你還有需要，再和我聯絡吧。」賣家笑咪咪地說完，轉身便走。

「你……」致嘉縱然對這賣家故弄玄虛的態度感到不滿，但他沒有時間糾纏下去，這時天色已經微微發暗，距離婷婷下班的時間只剩一個多小時，他得在婷婷返家前，將「小明」處理掉。

他小心翼翼地提著裝有木盒的黑紙袋，搭上計程車，回到寵物美容店接回小拉，隨即趕往婷婷家。

他打開公寓大門，心慌意亂地上樓，懷中那剛洗完澡的小拉，像是同時感受到致嘉的緊張和逐漸逼近的怪異壓迫感，也微微顫抖起來。

他停在婷婷家門前，深深吸了口氣，取出鑰匙開門。

他剛推開木門，猛地一驚，只見客廳裡的燈是開著的，還傳出電視聲音，他奔入玄關往裡頭瞧，只見婷婷抱著昨晚購入的新娃娃柳丁，悠哉窩在沙發上看著電視。

小明靜靜地坐在婷婷身旁，神情雖與往常無異，但此時的坐姿倒像是個乖巧的好學生。

致嘉瞪大眼睛，連連吞嚥著口水，他雙腳顫抖，但強作鎮定，他隱約察覺小明接二連三的舉動，或許是出於嫉妒。

嫉妒娃娃們瓜分了婷婷的愛，嫉妒他獨佔著婷婷的愛。

此時婷婷也在，或許小明不會露出凶狠的一面。

「今天妳怎麼這麼早下班？」他故作輕鬆地關門脫鞋，抱著小拉入屋。

「今天事情比較少，我忙完就提早回來了，本來想找你陪我去挑籠子……」婷婷說到這裡，將搖著尾巴走來的小拉抱進懷裡，苦笑了笑。「好香喔，去洗澡啦？」

「你明明那麼可愛，爲什麼那麼頑皮呢？」婷婷將自己的鼻子貼著小拉的鼻子，說：「我眞的不想把你關起來呢……」婷婷說到這裡，轉頭望著致嘉，爲難地說：「你說呢？」

「我是無所謂，不過……」致嘉聳聳肩，說：「我猜小拉以後不會再頑皮了，牠是個乖狗狗。」他這麼說，還舉起那包著繃帶的手，說：「我被一個瘋狗咬了好幾口，是小拉趕走牠的。」

「什麼！」婷婷連忙放下小拉，牽起致嘉的手關切問著細節。致嘉自然是顧左右而言他，他見到沙發上的小明，姿態並未改變，但臉上神情一下子凶狠了百倍千倍——

在他和小拉出現前，或許小明得到的關愛仍然不如那新的熊玩偶柳丁，但也足以讓他感到幸福，可是此時此刻，婷婷全部的心神，又都放在了他和小拉身上。

這讓小明露出像是想要毀滅一切的神情。

致嘉吞了口口水，忍不住將紙袋提高些；小拉鑽在婷婷和致嘉腿間，目不轉睛地盯著沙發上的小明。

「這是什麼？」婷婷跟著注意到致嘉手上的黑色大紙袋。

「這是送給妳的……」致嘉直勾勾地盯著沙發上的小明，神經繃緊到極點，隨口胡謅起來：「小拉知道錯了，今天牠帶著我，到處蒐集空瓶子……賣給撿破爛的，湊足了錢，要我買給妳，還要我帶牠洗澡，牠想要親口向妳賠罪呀。」

「眞的那麼乖嗎？」婷婷哈哈一笑，搶過紙袋，用腳蹭了蹭腿間的小拉，說：「以後如果你再亂咬東西，眞的要去撿瓶子買禮物賠我喔，知道嗎？這次就原諒你好了。」

婷婷揭開木盒，取出那日式娃娃，再看了看木盒子上的刻字，望著日式娃娃雙眼，說：「妳叫作秋子啊。」

秋子一動也不動地躺在婷婷懷裡。

致嘉則是全神貫注，緊盯著沙發上的小明，小明頭髮倒豎起來，像是點燃了的焰火一般；但在婷婷抱著秋子坐回沙發時，小明的神態立時恢復成以往的模樣。

這晚，他們訂了外送披薩，在客廳看著電視節目享用晚餐。

在漫長晚餐時間裡，致嘉食不知味，也無心留意電視劇情，反而突兀地用牛排刀和叉子吃披薩，就怕稍微鬆懈，小明就要暴起發難。

到了近午夜時分，婷婷漸漸睏了，將秋子放下，打著哈欠就要收拾桌子。

「妳先洗澡，我來就好。」致嘉連忙伸手阻止婷婷，替她捏肩搥背，說：「晚點有場球賽，我等了好久，好想看呢；待會我幫妳搥背按摩，妳累了先休息吧……我看完再回房陪妳好嗎？」

「哼。」婷婷嘟著嘴，捏了捏致嘉的臉，說：「你不要以爲我不知道你昨天也偷跑出來看球，留我一個人在房間裡孤單。」

「很重要的比賽呢，錯過的話，會抱憾終生。」致嘉這麼說，一面還用眼角餘光瞥著沙發上的小明。

小明一動也不動。

沒有殺氣也沒有恨意。

這令致嘉隱隱有種感覺，小明似乎打起與他相同的主意——

所有恩怨，等婷婷離開後，一次解決。

婷婷起身回房拿換洗衣物，走入浴廁洗澡。

致嘉一動也不敢動地緊握著牛排刀，婷婷離開沙發後，小明和秋子便各自轉頭，望著對方。

「啦、啦啦、哼哼——」婷婷的哼歌聲和淋浴聲自浴廁傳出。

致嘉捏著牛排刀，腦袋裡轟隆隆作響，他不曉得現在算不算是發難的好時機，他只知道自己的心臟緊張得快要停了。

他坐在沙發左端，小明站在沙發右端，中間相隔著一張座位，和秋子。

小拉瑟縮在致嘉腿間，喉間發出咕嚕嚕的警戒聲，彷彿嗅著了邪惡的氣息。

小明緩緩站起。

秋子也站了起來。

致嘉也急急地舉著牛排刀站起，準備迎戰，他發現自己的雙腿有些發麻。

小明轉頭望了望致嘉、又望了望小拉，最後將視線放回秋子身上。

「啦、啦啦、啦啦啦——」浴廁裡，婷婷的歌聲愈漸響亮。

「嘎呀——」小明發出尖銳的獸吼，撲向秋子，像是明白眼前一人一狗一玩偶，真正的敵手是那小小的日式娃娃秋子，而非持著牛排刀的致嘉。

小明猶如發狂的獸，揪著秋子從沙發撲到地板，將秋子按在地上，瘋狂啃咬秋子頭臉。

但是小明那漆黑牙齒咬在秋子臉上，像是年幼孩童咬著堅韌輪胎般，連齒痕都沒咬出，反倒是將兩排牙齒咬得鬆動。

嘎吱——

秋子嘴巴鼓脹地咀嚼起來。

小明的臉頰殷紅一片，驚呼仰身要逃，雙腕卻被秋子牢牢抓著，動彈不得。

致嘉這才看了個清楚，搶先張口咬人的小明，臉頰被秋子咬下一大塊，鮮紅的血灑落在秋子臉上。

「啦啦、啦啦啦——」浴室傳出的水聲中，夾雜著婷婷的歌聲，婷婷像是在抗議致嘉不陪她般，越唱越大聲。

客廳裡，致嘉和小拉毫無插手的餘地，反而被地板上的慘烈戰況嚇得退到牆邊，駭然觀戰。

兩個小小的人偶僵持在一塊如擂台界線般的地磚上，互相用極端暴虐的手段攻擊對方。

差別在於，小明的攻擊幾乎沒有產生任何效果。

而秋子每一張口、咬合，都讓小明的臉頰、肩膀、胳臂短少掉一塊。

漸漸地，小明被秋子反壓在地板上，頭臉身軀上越來越多巨大破口；秋子扯下小明兩條胳臂啃食、吸吮血漿，還伸手進小明身上血洞裡掏挖，挖出一塊塊、一條條本來不可能存在於娃娃身體裡像是臟器般的怪異東西，貪婪地往嘴裡塞。

自始至終，秋子臉上都掛著恐怖的笑容。

小明的神情則從憤怒轉變成害怕，最後變成茫然，只能像毛蟲般蠕動掙扎，張大口卻叫喊不出聲，他雙臂斷處、身上各破口，都滲出鮮紅血漿。

直到秋子將小明整顆腦袋啃去四分之三，小明終於再也不會動了。

秋子趴伏在地上，緩緩地、一口一口地，將地板上那些殘肢碎肉、衣服布料、臟器血漿全舔入口，吞嚼下肚之後，還貪婪地將雙手血污全舔了個一乾二淨，這才滿意地攀上沙發，靜靜坐著。

致嘉感到彷如隔世，發覺喉間乾燥得難受，還出了一身大汗，艱難地走近沙發，低頭只見地板上僅剩下一些不甚明顯的污跡，大部分的小明，此時零零碎碎地囤積在秋子腹中。

「辛、辛苦了……」致嘉顫抖地伸出手，捧起秋子，將她放回木盒，準備蓋上蓋子，但秋子卻突然抬手抵住木盒蓋子，雙眼怒瞪著致嘉。

她不願意被關著。

致嘉身子一顫，退開老遠，他讓秋子雙眼暴射出的凶光給嚇壞了。

他緩緩後退，貼牆坐地，愣愣看著沙發上的木盒子。

浴室的水聲停止了，取而代之的是吹風機聲。

致嘉感到一陣茫然，只覺得情形似乎變得更複雜了，他雖然成功「處理」了小明，但似乎……請來了一個更加危險、更加難以擺脫的凶烈玩意兒了。

方先生故事之一

竊

阿慶觀察自家隔壁再隔壁那三樓住戶很久了。

那只是尋常至極的公寓其中一戶，外觀上不甚起眼。引起他興趣的原因是那戶住家裡似乎只有方先生一人居住。

方先生是個蒼白削瘦的男子，戴著方框眼鏡，年紀大約三十來歲，有正當職業，是個主管階級的上班族。

阿慶也有自己的工作，卻自由許多——職業慣竊。

通常他一年之中會幹幾票大的，作爲主要收入；其餘的時間則偷些小東西，或是四處觀察目標，當作打發時間。

他時常搬家，因爲他總是忍不住對鄰居下手。每每搬到一處新地方，他總會仔細地打探四周，觀察附近住戶生活作息、觀察街道巷弄裡的監視攝影器架設位置和大致攝影範圍。他也偶爾故意撥錯電話，試探某戶人家該時段有無人在家。

他花了兩個多月，在新搬入的自家附近，選出二十幾個看來小康以上的住戶，又過濾出四個似乎容易得手的目標——

方先生排在第一順位。

根據阿慶的觀察，方先生有輛不差的車，總是穿著整齊服貼的西裝襯衫上下班。

儘管方先生在阿慶那四戶目標裡，應當是最「沒有錢」的一戶，但阿慶在平時爲了蒐集情報而持之以恆的晨跑過程中，從公園裡一群跳土風舞的大嬸們口中聽得一個重要消息。

方先生的太太兩年前因病過世。方太太生前十分美麗，兩人恩愛的程度令人歆羨。在得知方太太過世時，附近的街坊都感嘆不已，替方先生難過。

喪妻之後，方先生將全副心思都放在工作上，或許是因爲思念亡妻，方先生每隔一段時間，都會購入新的首飾、衣服回家。

這個消息最初是從街坊那些三姑六婆裡一個珠寶商老婆口中透露出來，這珠寶商本也是阿慶的目標之一，但珠寶商家實在太難偷了，二十四小時都有人在家，光是門外就裝了三只監視器，陽台、後院各有兩台監視器，林林總總加起來的警報裝置絕對不是他這種等級的竊賊可以破解得了的。

除此之外，光是院子裡養的那兩隻站起來和人一樣高的黑色獒犬，就足以嚇退大部分的小偷。

阿慶鎖定方先生爲頭號目標還有另一個原因，那就是方先生家十分容易下手。首先是方先生對面那戶住宅是間空屋，他動手開鎖時，對門住戶突然開門的機率是零。

再來，方先生家和阿慶家都位在一條長排公寓裡，難能可貴的是，這排公寓頂樓甚少有加蓋。也就是說，住戶能夠從四號住戶的頂樓，一路跨過低矮隔牆，走至十八號住戶頂樓。

自然，這些頂樓通往梯間的門，大都有上鎖。但也有些老舊公寓，鎖早壞了，通往樓頂的門終年敞開著，例如方先生家頂樓就是這樣子。

第三，方先生的生活作息極其規律，規律到令人難以置信的地步，他每日上午八點半駕車出發，至凌晨十二點半才會返家，週六、週日則一整天都窩在家中，除了倒垃圾之外，足不出戶。

阿慶在觀察方先生的第一個月，就已經發現只要在週一至週五的晚上，從自家樓頂出發，穿過數戶人家頂樓，下樓，打開方先生家鐵門門鎖後進屋，全程不用五分鐘。在凌晨方先生返家之前，阿慶有一段極長的時間能夠肆意妄爲。

阿慶接著又花費一個月觀察方先生，確認方先生作息從沒變化過，這個計畫萬無一失。

在所有計畫全盤底定後，阿慶已經迫不及待地想要付諸實行，他每天凌晨拿著啤酒，自陽台鐵窗向下看，見到方先生返家時，都不免暗暗覺得可惜，心想倘若今天下手，應當已經得手了。

每天晚上，阿慶都覺得自己浪費了一次大好機會，心想若是到明天，方先生或許會提早返家，將潛入他家的自己逮個正著。雖然他這樣的幻想從沒有成眞過，方先生仍然準時上班、準時下班。

阿慶終於到了再也按捺不住的地步了。

兩天前，方先生又在那珠寶商所開設的店舖中，買下一批價值近二十萬的首飾，是他工作半年來的血汗錢。

珠寶商太太和幾個鄰居婦人說起這件事時，所有的婦人羨慕咋舌之餘，不禁有些心疼方先生，都說可惜一對相愛鴛鴦便這麼硬生生地被拆散，留下方先生一個人在世上，生活裡唯一的目標就是永無止盡地悼念亡妻。

阿慶在公園裡晨跑，經過那三姑六婆土風舞聚會時，聽得這消息，只覺得興奮得全身發熱，心想這樣的目標再不下手，那他可以金盆洗手了。

就在今晚。

阿慶換上一身黑衣，戴上黑色毛線帽子，那毛線帽子經他特別剪裁，挖了三個洞，拉低時便和電影裡特種部隊面罩一樣，令人看不清臉面。

儘管他胸有成竹，相信自己能夠應付任何情況，但過去仍有數次潛入住戶家中，卻被住戶發現的經驗。

他大都順利脫身，卻也有一次他碰上一個體格壯碩的男住戶，被打歪了鼻子、脫落三顆牙齒才勉強逃掉。

從那之後，他行竊時都會準備一把小刀，以備不時之需。

他曾捫心自問，倘若當眞面臨需要拔刀相向的地步時，他能否將刀子插入另一個人的身體裡？

他似乎很滿意心裡那個答案——最好是別走到那地步，但眞有必要的話，他也不排斥使用暴力。

晚間十點，他揹著黑色背袋、開鎖工具，矯健地開門出去，一如計畫，他穿過頂樓，來到方先生家鐵門前，只花了三分鐘不到，便開了方先生家的鐵門。

讓阿慶驚訝的是，方先生家的鐵門甚至沒有上鎖，就只是關著而已，鐵門後的木門也同樣未鎖。

阿慶一時之間，甚至以爲方先生在家。他驚嚇地在門外呆愣數秒，再仔細回想今天早上的確見到方先生出門時的模樣，這才推開木門進屋。

方先生家中漆黑一片。

阿慶並未開燈，那會讓附近鄰居起疑，他以一支小巧的手電筒作爲照明工具，在方先生家中四處摸索。

方先生家裡東西非常多，客廳有好幾面大書櫃，塞滿各式各樣的書籍，那些書多到必須前後排並放，甚至以橫擺平放來增加藏書量。

阿慶躡手躡腳、小心翼翼地走向書櫃，提神腳下出力不可過大，免得讓樓下住戶聽見獨居的方先生家裡有人活動，或是一不小心讓手電筒的光透到外頭等等。

他來到書櫃前，上下打量著，他也看過許多書，這是他頗爲自豪的一點。他自認是個智慧型小偷，涉獵各種知識能夠讓他規劃更縝密的行竊計畫。

此時他翻了幾本書，全是洋文書，這讓他有些汗顏和惱火。他僅能從所識不多的英文單字中，勉強得知這些書的內容，是關於魔法、巫術之類的書籍。

他放回那些書，轉往其他地方探索，方先生的家是三房兩廳，其中一房是和室。和室有著四十公分高的木造底座地基，如同將房間整個墊高半公尺般。

那和室底座空間，通常用於堆放雜物，而和室裡則擺著簡單的茶几和矮櫃。

阿慶在和室裡大致檢視一番，沒見到值錢東西，便轉往方先生臥室。

方先生家臥室是雙人床，枕頭也是一對。在那雙人床的床尾，是疊得整齊的棉被。床鋪其中半邊，平放著一件洋裝，像是躺著一個人般。

阿慶不禁有些愕然，心想方先生思念亡妻的舉止固然令人替其感嘆，但在自己床邊這樣子放一件女人洋裝當作妻子，卻有些不太正常，他不免懷疑方先生是否精神狀況出了問題。

臥室裡除了床，還有衣櫃和方太太生前使用的梳妝台。阿慶輕輕走向梳妝台，見上頭擺著各式各樣的化妝品。

阿慶不知哪冒出來的念頭，拿起那些化妝品，湊著手電筒燈光細看了看，見那化妝品製造日期竟都十分新，那必然是方先生在妻子過世之後，還持續添購新的化妝品，擺在梳妝台上。

「眞是太深情了……」阿慶不禁啞然失笑，拉開更多抽屜，卻沒有見到那些太太們說三道四時透露的珠寶首飾。

他揭開衣櫃門，裡頭是滿滿夫妻倆的衣物。

阿慶甚至覺得，若不是早已得知方先生喪偶，必定會以爲方太太仍然活著，與方先生共同生活在這間屋子裡。

阿慶在衣櫃中翻找半天，仍然一無所獲，他只有在床頭矮櫃的小撲滿中，挖出幾枚五十元硬幣而已。

阿慶仍不放棄，看看時間，此時還不到十點半，他還有一個小時以上的時間可以慢慢找。

他來到方先生書房，裡頭三面牆都是書櫃，一張書桌正對著窗，桌上擺著一張照片，是他夫妻倆的合照。阿慶不禁嚥了口口水，方太太的確是個美人，照片中的她僅只是略施薄妝，但比起電視上那些亮麗女星卻絲毫不遜色。

他接著翻看書桌上堆疊的筆記紙張，上頭寫滿密密麻麻的英文，還有些塗鴉插圖。阿慶自認是小偷中的高材生，他也不管自己看不看得懂，便硬是拿起來翻看。

他吃力讀著上頭的英文，終於放棄，他僅能勉強認出某些單字，但組合在一起就完全不知道在寫什麼了。

但他也偶爾見到一些中文夾雜其中，諸如「天長地久」、「海枯石爛」、「人死復生」之類的字句。

紙張中那些凌亂的圖樣是一個個的圈圈，井然有序地交錯排列，在圈圈和圈圈之間，還有些咒文般的字樣參雜其中。阿慶覺得這些圖倒是頗眼熟，在電影、漫畫當中都曾見過。

「這什麼玩意兒？魔法陣？」阿慶哼了幾聲，不屑地將紙扔下，本來讓密密麻麻的洋文轚潰信心的他，稍微覺得安慰，只想方先生寫這一大堆筆記，原來只是些小說、漫畫之類的隨手塗鴉。

他再一次地暗暗得意自己肚子裡的墨水，應該不會比一般公司主管差多少。

他翻完書桌桌面，又看看書桌上兩座小木櫃。

那小木櫃造型有如中藥店的藥櫃，有著一格一格的整齊方形小抽屜。兩只小櫃上一共有十八格小抽屜。

他打開第一個抽屜，裡頭是一隻甲蟲，那甲蟲是活著的，六隻腳給用膠沾黏在抽屜中的底板上。一旁還有指甲大小的蘋果渣。那甲蟲在阿慶打開抽屜之時受了驚嚇，雙翅震動，發出了嗡嗡的聲響，但腳給沾黏住了，飛不起來。

「喝！」阿慶愕然，看了幾眼，將抽屜關上。打開了第二只抽屜，裡頭是一隻活的蝴蝶，同樣是六隻腳給沾黏在底板上，僅能鼓動雙翅，抖出點點鱗粉。

「……」阿慶關上抽屜，開始認眞評估起方先生的精神狀況。

第三個抽屜打開，是一堆蠕動的蛆；第四個抽屜是一隻晶瑩翠綠的小青蛙，四肢綁上了細細的鐵絲，想跳卻跳不起來；第五個抽屜是六隻沒有腳的蟑螂，急急振動翅膀，好似要飛一般。

「操！」阿慶趕緊關上抽屜。深吸了吸氣，三分恐懼中夾雜著三分好奇，再加上想要找出值錢珠寶的心態，讓他繼續拉出那些小抽屜。

第六個抽屜是十幾隻蝸牛；第七個抽屜是一張紙，紙上是一片乾涸的褐色，很像是乾掉的血的顏色；第八個抽屜是幾張小字條，上頭寫著密密麻麻像是咒語般的字；第九個抽屜是兩隻金龜子，一左一右地給沾黏在抽屜底板；第十個抽屜是一群螞蟻，那些螞蟻裝在一只比抽屜略小的透明盒中，盒上有小孔，覆蓋著紗布供其透氣；第十一個抽屜是一隻麻雀，阿慶無法形容那隻麻雀的確切樣貌，只知道牠是麻雀，不能飛，還活著，如此而已。

阿慶微微顫抖地關上那麻雀的抽屜，他突然有個想法，很想將抽屜之中活著的生物全放了，讓牠們逃。

他繼續打開剩下的抽屜，第十二個抽屜是一個小碟子，碟子之中盛著八分滿的液體，顏色是渾濁的深灰色，看不出是什麼，但是飄散而出的氣味令人反胃欲嘔；第十三個抽屜中有一小盒，盒中有一條魚，那魚不小，擠在狹窄的小盒裡，僅能擺動翅鰭尾巴而已；第十四個抽屜是一小片土，種著幾株不知是什麼的小植物，那植物僅微微發芽；第十五個抽屜是一條小蛇，緩緩蠕動著；第十六個抽屜是一塊黴，應當說是那塊「東西」上，長出了各種顏色的黴，而那塊東西是什麼，卻不得而知，阿慶猜測那是塊切豬肉；第十七個抽屜拉出，阿慶尖叫一聲，身子往後一彈。

那是一隻貓。

他不敢相信自己的眼睛，那是一隻活生生的小貓，被擠在那麼小的方形小抽屜之中，幾乎塞得沒有空隙，阿慶見到四條鐵絲將那抽屜上方給封了，即使抽屜打開，小貓也出不來。

小貓的眼睛一眨一眨的，似乎不覺得痛苦，反而伸出一隻爪來，一抓一扒，玩得挺開心。

阿慶以顫抖的手，將那小貓的爪子輕輕推回鐵絲後頭，再小心翼翼地將抽屜關上，生怕夾到了小貓，使牠發出叫聲，引起鄰居注意。

他背過身來，靠在書桌桌面邊緣，開始懷疑自己是否在作夢，其實只是夢見自己偷入了方先生的家。

他捏捏臉，很痛，並不是作夢。他轉回身子，看看那最後一個抽屜，他深吸了口氣，將之拉開，不由得歡呼一聲，裡頭是好幾顆荔枝大小的水晶。

不。那不是水晶。

阿慶怔了怔，伸手取出一顆來，那透明珠子挺堅硬，但不如石頭堅硬，硬度倒像是冰凍的魚丸。

他翻轉著那珠子，轉至其中一面，見到那珠子上，還有一小圓形突起。他怪叫一聲，將那珠子扔回抽屜之中。

那是眼睛。

那是不知道用什麼方法，將黑白色的眼睛，變成了透明——並不是完完全全的透明，而是有些混濁，略微帶著褐色血絲的眼睛。

他將抽屜關上，抹了抹手，非常確定這方先生若非精神異常，便是天生心理變態了。

他看看錶，十一點零三分，距離方先生習慣返家的凌晨零時，還有很久，就算保守地加上安全範圍，只要在半小時之內離開，應當完全不會有任何的問題。

應當不會碰上那個瘋子。

「眞看不出來……」阿慶拍著胸脯，繼續四處翻找，什麼首飾也沒找著，他甚至去廁所裡找，去廚房的流理台、冰箱裡找。最後又回到和室，翻了幾只矮櫃，又找了書櫃、電視櫃、五斗櫃，哪裡有什麼珠寶？

「難道方先生出門都會將珠寶一起帶走？放在車上？」阿慶又是氣惱又是不解，呆坐在和室那架高底座上。

門外樓梯間傳來一陣腳步聲。阿慶微微轉頭，望著門的方向，現在還不是方先生回家的時候。那腳步聲，應當是二樓或是四樓的住戶。

但那腳步聲在三樓停下，跟著是自口袋取出鑰匙的聲音——

三樓兩間屋，一間是空屋，一間就是方先生家。

阿慶心臟差一點停下，他張大了口，急急忙忙地蹲低身子，關上手電筒。耳朵已聽見鑰匙插入鑰匙孔轉動起來的聲音。

他連忙揭開和室架高底座儲藏空間的小門，鑽了進去。

鐵門打開的聲音響起，跟著是木門打開的聲音。

方先生走進家中，轉身關上鐵門和木門。

已身在和室底座裡的阿慶，用後腳將底座小門輕輕帶上。

他趴伏在和室底座那四坪大小、約莫四十公分高的寬扁空間裡，一動也不敢動，就連呼吸都壓得極低，深怕吐氣聲音大了，就讓外頭的方先生聽見了。

「美月、美月，我回來了。今天妳過得開心嗎？」方先生的聲音清亮，精神飽滿。

阿慶暗暗咒罵，肚子裡不知滾了多少句難聽話，將這以變態手法飼養生物，又會和死去的太太說話的傢伙，罵得狗血淋頭。

「今天眞累，企畫部那個王主管處處針對我，煩死人了。」方先生走進浴室，還說著話。

阿慶心中一喜，心想若是方先生要洗澡，那自己便可以藉著水聲掩護，悄悄地溜了。他屏著氣息，側耳聽著，果然聽見蓮蓬頭的水聲，和方先生含糊不清的說話聲，那表示他將浴室門關上了。

阿慶迫不及待地後退，這和室底座暗沉沉的，他突而覺得身腹之下壓著一個堅硬的小東西，像是小石子大小。

他伸手去撥，卻摸出那東西冷冰冰的，那是一枚戒指。他怔了怔，將手電筒打開，照看著手上的東西，果然就是一枚戒指，純銀的戒指上，鑲著一些碎鑽。

他驚愕不已，跟著，他感覺右臂下也壓著同樣大小的東西，他掏摸一陣，又摸出一枚戒指，是純金的。

他心中的疑惑到達了頂點，不明白方先生為何將這些值錢首飾，隨意扔在這和室底座空間裡。

他以手電筒探照，照向前方，見到前頭還擺著幾個盒子，全是珠寶盒子。

他怔了怔，心想或許是方先生將珠寶盒子藏在和室底座盡頭。這些散落在地的戒指，可能是在放入時遺落在地，又或者是讓老鼠叼出來的。

他匍匐前進，心想既然要退，便將眼前的珠寶盒子帶著一起退，那幾只盒子中的所有首飾加起來，價值可能超過百萬。就算讓方先生發現，硬搶也要搶到手。

他爬到底座牆角，摸來那幾只珠寶盒子，將盒蓋打開，見到裡頭果然裝著亮麗的珠寶首飾，有戒指、耳環、項鍊等。

他熟練地在揭開盒蓋時，以一手快速按壓住珠寶盒上的音樂機關，不讓某些有音樂裝置的珠寶盒在開啓時傳出音樂。

他一把一把地將首飾取出，放入口袋。在開到最右側最後一只盒子時，他覺得手肘壓在地上的感覺有些古怪，不像是壓在石板地上，而有種壓在絲綢上的滑溜感。

彷彿壓在女人的長髮上般。

在他尚未仔細思考這個問題時，已經本能地將手電筒往身子右側照去。

有一張臉。

和他靠得十分近。

女人的臉。

他驚覺在他匍匐處的右側，有一個閉著眼睛的女人，以一種奇異的姿勢側躺著。

「喝——」阿慶身子本能地彈起，後腦重重撞在底座木板上。他瞪大眼睛，驚愕到全身毛細孔都突然張開一般。

那女人身穿白色睡衣，睡衣下是紫黑色的皮膚外帶淡青色的血管紋路。

「他把妻子的屍體藏在這裡！」阿慶驚愕至極，急急想要後退，但他的背包卡上一根木梁，一時間進退不得。

方先生聽見浴室外發出的撞擊聲，匆匆忙忙出來，四處查看，自言自語：「是什麼東西發出來的聲音？」

阿慶撝著嘴巴，身子激烈顫抖著。他強忍著懼意，將臉轉向左邊，不去看方太太那張已經變了色的臉孔，並努力緩緩扭動身子，調整背包位置，試圖後退。

他試了幾下，終於掙脫，正欲後退時，卻聽得上方一聲震動，原來是方先生踏上和室，踩踏在木板上發出的聲音。方先生猶自呢喃自語：「美月、美月，妳有聽見聲音嗎？」

阿慶僵直著身子，大氣也不敢喘一聲，心中把方先生祖宗十八代都給咒光了。

方先生卻不離開，而是躺在和室木板上，呢喃述說著對妻子美月的思念之情，說到動情之處，還會哽咽，或者大笑。

「操……」阿慶一動也不動地趴伏著，將近半個小時，姿勢全然沒有變換，他覺得筋骨痠疼得十分難受，勉強扭了扭脖子，將頭撇向另一面，向著方太太的那一面。

方太太本來閉著的眼睛，竟然睜開了。

那是一雙青綠色的眼珠子，她和阿慶四目相望。

「哇——哇——」即使阿慶再冷靜、再老練，在這種情形下都像個踩著老鼠的女孩般尖叫、狂吼起來。

方太太會動，且很快。

阿慶猶自掙扎時，方太太已經爬上了阿慶的身。

阿慶見到方太太張開了嘴巴，舌頭垂下，比正常人的舌頭長了一倍以上。

他暈了過去。

□

阿慶醒來時，仍然身處在那和室底座裡。

但他感覺自己是全身赤裸著的，且是平躺著，身上還帶有香味，像是洗過澡般。

他心中驚愕到了極點，卻覺得身子無法動彈，手和腳都給緊緊地綁縛住，口中也給塞了滿滿的布，發不出一點聲音。

他腦中混亂，只能微微仰頭，自那底座小門向外看出，他見到一雙腳，是方先生的腳。還有另一雙腳，是紫黑色的腳，有些地方甚至腐爛了，是方太太的腳。

他們的腳時而前進，時而後退，像是在跳舞，方太太的腳晃動得十分不自然，有些僵硬。

「美月、美月，妳最近瘦了，都是我不好，沒有替妳多找些吃的。」方先生溫聲道著歉，他又說：「我再想想，我下個月再向黃太太他們買一些戒指，嗯，讓他們把風聲傳出去。有了，我將鑰匙放在鞋櫃上，假裝是備用鑰匙，引多一點人來，把妳養胖一點，妳太瘦了，我好心疼、好心疼……」

阿慶頭皮發麻，狂烈掙扎著，但他給綁得太緊了，儘管用盡了吃奶的力氣，卻仍然掙脫不開。

「美月，妳餓了嗎？好，妳等等、妳等等。」方先生呵呵笑著，走向別處，邊說：「我新買了餐具，白瓷盤子，一對天使刀叉，好漂亮，妳看看！」

方太太僵硬地走動著，似乎接下了方先生交給她的餐具。

方太太蹲下，朝底座裡頭看，咧嘴笑著，像是餓了很久一般。

阿慶倒抽了一口冷氣，方太太爬了進來，一手拿著叉子、一手拿著刀子，的確如方先生所說，那是一對極美的刀叉。而那白瓷盤子，卻在方太太俯身之時，便摔破了。

「唉唉，就是不小心，剛買的妳看……」方先生無奈地說，收拾著那碎裂瓷盤碎片，順手將小門給關上了。

一片黑暗。

阿慶在關上門的那一刹那驚嚇昏厥，又在叉子刺入他大腿時劇痛而醒……

他極度後悔，他終於想改行了。

但來不及了。

他偷進了地獄。

□

將破碎餐盤收拾乾淨的方先生回到和室，從矮櫃裡取出紅酒，倒了小半杯，跟著打開音響，躺在和室木板上，靜靜地聆聽音樂。

他偶爾感到底下震動得太過激烈，便笑著，輕輕用手敲叩木板，說：「美月，別吃得太急，別像上次一樣，把新衣服弄得都是血就不好看了。」

方先生故事之二

勾引

方先生在工作時不喜歡說話，事實上，他便是不工作時，也甚少與人說話。他總是那麼安靜斯文、專注在自己的工作上。

這天中午時刻，他在辦公桌前仔細核對每一份工作資料，他的便當只吃了一半。

「方主管，我跟你換樣菜好嗎？」芸芬托著飯盒，拉來自己的電腦椅，在方先生的座位旁坐下。

方先生看了芸芬一眼，禮貌朝她一笑。

芸芬是新進員工，是方先生的直屬部下。她身材極好，總是穿著低胸上衣，搭配超緊身七分褲或是短裙。她的妝不濃不淡，身上散發迷人的香水味。

事實上她的容貌並非特別美麗，但卻有著與那些美人相若的魅力，至少在這間公司裡，她稱得上是最有魅力的幾個女人之一。

她剛進公司時，就有不少男同事或是主管向她搭訕。她一點也不將他們放在眼裡，她熟練且技巧地和他們保持距離，卻又能讓他們不至於對自己產生反感，甚至仍然暗暗覬覦著自己。

對她來說，生猛有勁的年輕員工們，地位和收入都太低了，而那些收入不差的主管們不是太老、就是禿頭，或者頂著顆大啤酒肚。

唯獨方先生例外。

方先生年紀沒有大她太多，有一張蒼冷白俊的臉龐、高瘦的身材、斯文的態度，和不錯的收入。

「我不喜歡吃菜脯蛋，給你吃。」芸芬俏皮地將飯盒中的菜脯蛋挾入方先生的飯盒裡，又挾起方先生飯盒裡的一片肉放入自己口中，津津有味地嚼著。

她故意挑那塊被方先生咬去一半的肉片。

芸芬懂得在面對各式各樣的男人時，以各種態度、舉止來擄掠男人的心。

她在那些喜歡侃侃而談、大聲朗笑的男人面前，就會變成一隻溫馴的小綿羊，適時地迎合他們、贊同他們的論點、表現出崇拜的模樣，讓他們呵護疼愛自己；而在那些沒有主見、柔聲柔氣的男人面前，她就會表現出熱情開朗、見解獨到的一面，進而領導那些柔聲柔氣的男人，為她完成任何事。

有時她的判斷未必精確，當她發現眼前那個柔聲柔氣的男人其實骨子裡十分強悍時，她也會悄悄地將羊皮披上，變成乖巧的小母羊。

而現在，她便和以往一樣，從腦袋裡那豐富的男性資料庫裡，精心調製出一套對付方先生這種正經八百的男人的方法。

她知道這類男人通常自視頗高，有點瞧不起那些沒有主見的溫馴小綿羊，因此這時的芸芬一副俏皮可愛的小女孩模樣。通常正經八百的男人，對俏皮可愛的小女孩沒有太大抵抗力。

方先生看了她一眼，仍是淡淡笑笑。

「方主管，你平時也有在用香水嗎？」芸芬又擅自換取了兩人便當中的菜餚，她甚至直接挾起一片肉，自己咬去一口，另一半，遞向方先生的口。

「我已經飽了，妳想吃的話，可以都給妳吃。」方先生仍然向她微笑。

「我吃不下那麼多啦！」芸芬做了個鬼臉，將臉湊近方先生耳際，輕輕聞嗅著，天眞地問：「方主管，你都用什麼牌子的香水？那麼好聞，好好聞喔！」當她做這個動作的時候，她的低胸領口，便正對著方先生的視線處——她非常清楚，不論是柔聲柔氣的男人、爽朗自大的男人、正經八百的男人，以及天底下大多數男人，只要她使出這一招，便如同揮起出鞘必然見血的神劍，是天下無敵、無人能敵的。

「我沒有噴香水的習慣。」方先生終於露出少見的尷尬，他撇開頭，將視線移向他處。他確實沒有使用香水，他身上的香味，是一種神祕的藥水味道。

方先生每天都會爬入家中和室架高底座空間，帶領妻子爬出和室底座，替她更衣，同時以毛巾沾著精心調製的藥水，擦拭著妻子全身，使得去世兩年的妻子，一身紫黑色的肌膚，仍然能保持著濕潤柔軟。

然後他會和妻子共舞、擁抱，因此他的身上，時常帶著這種神祕藥水的味道。

「你騙人，明明就是香水味！」芸芬捏了捏方先生微微發紅的耳朵。

□

這天，方先生和往常一樣地購買了便當，返回公司繼續加班，他大多時候會工作到九點或十點，然後將桌子收拾得一塵不染，下班。

通常，他會在十一點時抵達一家二十四小時營業的書店，在裡頭靜靜看書，在十二點十分時，駕車返家，十二點半到家。

但倘如，他在看書的過程中，甚至是上班時間裡，有人闖入他家，他手錶機關中幾隻銀色小蟻，就會用大顎咬動齒輪，使手錶發出答答聲響，通知他獵物上門。

然後，他會興奮返家，替妻子處理「食物」。

他持續加班，公司中又只剩下他一個人了，迴盪著他獨自操作電腦、翻動資料的聲音。

不知不覺地又到了晚上九點五十八分，方先生開始收拾桌面，將抽屜拉開，將東西放入，取出一張照片，照片裡是他的妻子，白皙秀麗，是絕美佳人。

他親吻了照片，將之放回抽屜，關上抽屜、關上桌燈。

他下樓，來到停車場，坐上自己的車。

「方主管！方主管！」芸芬從另一邊奔出，大聲呼喚著方先生，她奔到方先生的車旁，輕輕拍著車窗。

方先生搖下車窗，問：「有事嗎？」

芸芬雙手合掌，像是一個無助的小女孩，楚楚可憐地拜託方先生。「我的車鑰匙掉了，又等不到計程車，你可以載我回家嗎？」

方先生猶豫了很短暫的時間，側身拉開右車門，說：「上來吧。」

「方主管，我就知道你人最好了！」芸芬雀躍地繞過車頭，自另一邊上車，關門，車內霎時充滿芸芬身上的香水氣味。

車子緩緩駛出停車場，方先生向芸芬問了住處地址，便朝那地方駛去。芸芬不時找些話題，逗方先生答腔。

在一個紅燈等待的時間當中，方先生瞧了瞧手錶，這手工錶面上幾只奇異齒輪緩緩轉動，幾處小孔隱約可見小蟻向外頭探頭探腦，正是在告訴方先生——家裡來了客人。

方先生爲難地對芸芬說：「我家中突然有點事，我得先回家一趟，將事情處理完，再送妳回家。」方先生此時座車位置，離芸芬家甚遠，離自家較近，但家中的「客人」隨時會走，他想要快點返家。

「嗯哼——」芸芬點點頭，表示同意：「方主管的家我還沒有去過呢，我一直都很好奇，不曉得像你這樣的男人，家裡是什麼樣子的？也是像你的辦公桌那樣，整整齊齊的？」

方先生搖搖頭說：「不……我家中東西很多，所以並不整齊。」

「是嗎？眞想不到，方主管你一個單身男人，家中會有什麼東西？」

「有很多的書、筆記資料、一些收藏品，和很多……櫃子。」

芸芬追問著：「方主管你都看些什麼書呢？你平時除了看書，還有什麼休閒娛樂？」

「我平時大部分時間會做筆記，思考書中的問題。至於是什麼書嘛……妳應該不會有興趣。」方先生這樣回答。

在一連串問答之後，方先生的座車已駛進他家巷口。

方先生取下鑰匙，對芸芬說：「妳在這邊等我，我上去處理一下事情，馬上回來載妳回家。」

他不等芸芬答話，自己開門下車，打開公寓大門上樓。

他一步一步地跨上樓，刻意地加重腳步，他隱隱露出微笑，他幾乎可以想像得出，此時家中那「客人」，聽見響亮的腳步聲時，是如何的緊張焦慮。手錶猶自微微震動，持續發出「家中有人」的訊息。

他來到自家鐵門外，取出鑰匙晃了晃，緩緩插入鐵門鑰匙孔，他隱約聽見屋內發出了細碎的腳步聲，和交談聲。

方先生微微一愣，若「客人」有兩人以上，便有些棘手，且同時若客人沒有躲入和室底座，也不免麻煩。

他轉動鑰匙打開鐵門，跟著轉開木門，進入屋內。

屋內漆黑一片，他關門，同時鎖上木門上一道特製的鎖，那道鎖必須用專用鑰匙開啓，否則自屋內也打不開門。

他緩步在客廳中走動，繞了一圈，他發現書櫃上不少書掉落到地板上，那是「客人」在他家搜找財物時，動作粗魯所造成的。這使他有些不悅，他對於書櫃中那些黑魔法、巫術、蠱毒、降頭等書籍十分地珍惜。

他走向書房，心中猜測「客人」此時躲藏在哪兒。他沒有聽見和室架高底座下發出任何聲響，因此他知道「客人」並不在木造底座下，有可能在和室中底座上方、有可能躲在廁所裡、有可能藏在客廳桌子下，也有可能在臥房或書房裡。

當他進入書房時，聽見了外頭門鎖扳動的聲響，他嘴角揚了揚，「客人」在客廳陰暗處，想趁機奪門而逃，但木門上有著特製的鎖，「客人」沒有鑰匙，無法離開。

「快一點啊，你在幹嘛？」「門打不開……」兩個極低的聲音對話著。

方先生雙手按在書桌上，他見到書桌上的小櫃，被翻動得亂七八糟，裡頭昆蟲活物爬了滿桌，一只只小櫃抽屜，全散落堆疊於桌上。

方先生靜默無語，過了好半晌才低頭看看書房角落，說：「貓，你在哪兒？」

一隻體型瘦弱，雙眼卻炯炯有神的小白貓，從陰暗處走了出來，背上伏著那隻翠綠青蛙。

他將貓輕輕捧起，十分不捨地摩娑著貓身上的毛，找著了之前裝著貓的抽屜，將貓輕輕地，放入長寬各十二公分的方形小抽屜中，貓乖巧地挪動身子，緊密貼實地塞滿整個方形小抽屜，此時外觀看去，便是一個有著貓臉和皮毛的方形東西，方先生將那小抽屜，放入了原本桌上櫃子的第十七格之中，那是牠本來所在的地方。

方先生微微呢喃禱唸，像是吟唱著奇異的咒語，那些散落於桌面、地上的活物昆蟲，全都密密麻麻地向桌面中央集中，十數種截然不同的昆蟲、小動物，便像是生命共同體一般，各自爬入屬於自己的小抽屜中，方先生也將牠們一一歸位。

但有一只小抽屜仍留在書桌之上，小抽屜中是十數隻小拇指大小的蝸牛。

方先生取出了其中幾隻，握在右手中，一捏而碎，他另外自其他櫃子當中取出了幾瓶藥水，滴灑在已經變成烏黑色的右手上，黑色手掌上出現了奇異的紅色黴斑。

外頭兩個賊似乎知道自己出不去了，他們氣急敗壞地以工具敲擊門鎖，他們本來以爲此次能夠滿載而歸，將這個「三天兩頭購買昂貴首飾祭悼亡妻」的方先生的家，視爲藏寶庫，卻在方先生的家中，感受到強烈的詭譎奇異氣氛，他們僅僅在床頭找著了千把塊現金，真正名貴的東西一樣也沒發現，且在書房之中看見方先生那些古怪噁心恐怖的奇異收藏。

他們大力地破壞門鎖，心中認定了方先生絕非表面那般溫和文靜，反而是個不折不扣的瘋子。

「他分明是故意的……他人現在就在書房，乾脆我們和他攤牌，逼他把值錢的東西交出來！」竊賊甲放棄破壞門鎖，氣呼呼地說。

竊賊乙則有不同的看法：「我們只是求財，照你說的就是明搶了，要是不小心把他殺了，會被判重刑啊！」

「不會殺死他的，嚇嚇他罷了！」竊賊甲對竊賊乙的懦弱感到焦惱不耐，他轉身，怒瞪著書房方向，隱約聽見裡頭傳出方先生的呢喃聲，他感到十分氣惱，覺得像是讓方先生捉弄了般，或者，方先生現在正在報警也說不定。

竊賊甲掄掄手上的鐵製工具，大步往書房走。

「喂！回來……」竊賊乙焦急地看著竊賊甲，步入書房，他知道竊賊甲的脾氣又臭又狠，若在爭執中打死方先生，那就是強盜殺人了，自己肯定也脫不了關係。他罵了一聲，也追了上去。

竊賊甲先進書房，竊賊乙離書房有五、六步之遙，他聽見書房發出一聲天驚地動的嚎叫聲，那是竊賊甲的叫聲。

竊賊乙讓這聲慘叫嚇得雙腳釘在地上，一下子不知所措。

竊賊甲第二聲慘叫聲隨即響起，沙啞中伴隨著哀哭。竊賊乙回了神，大步奔衝而去，卻被房中不可思議的景象嚇得呆立在門前。

竊賊甲的右半邊身子，爬著滿滿的、一條一條奇異黏軟的怪東西，像是蚯蚓，又像是蛞蝓；那些軟黏怪東西爬過處，都留下了有如鐵烙燒烤般的焦跡，竊賊乙鼻端聞到了陣陣焦味。

那些像是蚯蚓、蛞蝓的軟黏東西，鑽入竊賊甲的衣褲裡，燙得竊賊甲痛苦瘋狂亂撞，撞上一座書櫃，不支倒地；軟黏東西甚至還會分裂增殖，一隻變成兩隻、兩隻變成四隻，爬滿竊賊甲全身。

竊賊甲伏在地上一動不動，全身焦味四溢，竟是讓這些軟黏東西活活地烤熟了。

而方先生，則靜靜地佇在書桌邊，左手撫著右肩，低垂的右手袖口外的手掌黑紅斑爛。

他被竊賊甲持著鐵工具擊中右肩之前，輕輕拍了拍竊賊甲胳臂一下，便是那一下帶著奇異詛咒的輕拍，令竊賊甲胳臂上生出一條又一條軟黏怪東西。

竊賊乙雖然沒有見到竊賊甲和方先生搏鬥的過程，但他不用想也知道，竊賊甲的慘狀，是方先生造成的，這個方先生，果真是披著人皮的惡魔，竊賊乙狂呼一聲，轉身奔逃。

方先生額上冒出斗大汗珠，他的右肩痛得幾乎無法舉起手，但他仍然追了出去。

竊賊乙在客廳裡無處可躲，試圖往陽台逃，但陽台的玻璃門也上著鎖，他揮動著手中金屬工具擊打玻璃門，心想就算跳樓摔死，也好過竊賊甲那樣子死，況且三樓跳下應該摔不死。

竊賊乙持著金屬工具在玻璃門上重砸幾下，只擊出幾處小小粉碎痕跡，那玻璃門用的是銀樓門窗櫥櫃常見的膠合強化玻璃，方先生在客廳裝設這種玻璃門，用意自然不是阻止竊賊自外而入，而是爲了讓進入家中的竊賊無法向外逃脫。

方先生來到激動砸門的竊賊乙身後，費力舉起紅黑斑斕的右手，自後橫扒上竊賊乙臉面。

「哇——」竊賊乙的慘嚎聲極其淒厲，然而大部分的音量，都被隔絕在這間有著絕佳隔音設施的屋子裡。

方先生爲了不讓樓下的芸芬等待太久，便在竊賊乙身上多抓了幾下。竊賊乙很快便沒了聲音，而他身上那些「怪東西」紛紛離開他的身子，說也奇怪，那些東西一離開了竊賊乙的身子，便消散了。

方先生返回書房，取了一瓶藥水，塗抹著紅黑右手，他右手上的可怖斑跡便漸漸退去。他覺得右肩疼痛難當，拉開衣襟看看，瘀腫好大一塊，他便又取出其他藥水，塗上肩頭傷處，這使得他感覺好了些。

跟著他將兩個渾身焦紅的竊賊拖入浴廁、拉進浴缸。

本來他此時應該隨即放水，在浴缸中施灑些藥劑，替兩個焦屍洗淨身體，放入和室底座，讓妻子美月食用。但他沒有這麼做，他還記得自己必須先送芸芬返家。

他洗了洗手，對著鏡子整整頭髮，取了紙巾擦去額上的汗，這才開門準備外出。

芸芬竟便剛好站在門外，抬著手，像是正要按電鈴，她見方先生正好開門，嘻嘻一笑，嘟著嘴說：「叮咚叮咚。」

「妳沒有大門鑰匙，怎麼上來的？又怎麼知道我家是這間？」方先生遲疑地問。

「剛剛有人出去，我跟進來，一路按電鈴找你，哈哈。」芸芬的答案直白簡單，說完便硬擠進方先生家。

「妳……不是要我送妳回家？」方先生愣在門邊，這下輪到他不知所措了，在數分鐘前，他彷彿是從地獄爬出的惡魔。

芸芬伸手在牆邊亂按，按中電燈開關，燈光剎亮，客廳、和室一覽無遺。

「哇——方主管，你家真的好亂……」芸芬走至客廳中央一只大躺椅旁，放下隨身包包，躺上那躺椅，滿意地說：「好舒服……方主管，讓我在你家休息一下，我的頭有點暈……」

方先生見芸芬一時沒有離開的意思，也只好關上門，問：「頭暈？我有能夠治頭暈的藥，我拿來給妳。」他邊說，邊轉身往書房去，他在浴廁前停下，遲疑了一會兒，將門關上。

「不用吃藥啦，我休息一下就好了，方主管，帶我參觀一下你家嘛。」芸芬追了上來，伸手要開浴廁。

方先生一把握住芸芬手腕，只覺得她的手柔細勻滑，竟不輸給美月生前。

「方主管……」芸芬也適時地露出嬌羞的模樣，盯著方先生的雙眼。

「這間廁所馬桶壞了，很髒很臭，我帶妳上另一間。」方先生緊握著芸芬的手，將她帶往臥房。他當然不能讓芸芬進入那躺著兩個焦人的浴廁。

臥房還有另一間浴廁，十分乾淨整潔。

芸芬使用完畢，卻沒有出來，方先生聽見浴廁裡頭發出水聲。他開始有些焦躁緊張，他敲著門：「芸芬，妳在我家洗澡，不太方便。」

「但是我已經開始洗了……」

方先生握緊拳頭、又鬆開，他不停抓著頭髮。他是個十分有原則的人，他設下的捕食陷阱，只針對宵小竊賊，並不及於一般無辜的人，雖然宵小竊賊並非每天都有，但是當作讓美月偶爾食之的美味大餐，已經足夠。美月的平時餐食，是雞鴨豬牛輔以各種藥材。

況且芸芬是他的部屬，除了極爲明顯地勾引他之外，並沒有犯下什麼大錯。

方先生搔抓著頭，他覺得他應該向芸芬更直接地表明自己深愛亡妻，所以不可能會接受她的勾引，好讓她死了這條心。

「芸芬，我有話跟妳講……」方先生輕敲了敲浴廁的門。

門突然開了，芸芬圍裹著窄小浴巾，上前擁住方先生。

「芸芬，不，妳得離開！」方先生驚愕地推著芸芬，但她身上便僅圍著那小小的浴巾，每一推便會觸及她柔嫩濕漉的身子，這使得方先生心蕩之餘，更加地驚慌了——

他聽見了。

臥室外的和室架高底座下，那一陣一陣嘶嘶喘鳴聲。

「方主管，你難道不喜歡我嗎？」芸芬緊緊擁著方先生，在他耳邊呢喃。

磅！

臥室外發出好大一聲撞擊巨響，跟著是劈里啪啦的木板扯裂聲音。

芸芬嚇得鬆開手，還不知道發生了什麼事。方先生的臉色青白，十分不安，他看了看芸芬，此時芸芬身上的小浴巾已經落下，但方先生一點也無興致欣賞，他遺憾地搖了搖頭。

「那……那是什麼聲音？」芸芬拾起浴巾，在激情退失的當下，她終於對自己的赤身裸體感到不自在。她向臥室門邊走去兩步。

緩緩出現在門外的，是方先生的妻子——美月。

美月穿著雪白睡袍，睡袍外的肌膚是紫黑色的，一雙眼睛則是亮青色，眼瞳收縮、眉頭怒皺，十指怒張著，指甲尖長。

芸芬眼一翻、腿一軟，便無知覺了。

方先生嘆了口氣，上前握住美月的手，說：「妳明明知道我是那麼愛妳，爲何還要生這麼大的氣？她發現了我們的祕密，只能交給妳了。我少了個部下，這下妳滿意了吧。」

美月仍然怒瞪著昏死在地板上的芸芬，身子往前兩步，牙齒喀喀作響。

「妳別急，我把她洗乾淨，再讓妳好好享用。」方先生扶著美月的肩，將她緩緩扶出臥房，來到客廳。和室的條狀木板，其中幾片已然突起斷裂，破了個大洞，方先生皺了皺眉，埋怨妻子幾句：「妳看，妳把和室弄壞了，我們家裡再也沒有比和室底下陰冷的地方，對妳的身子有害的，唉……」方先生只有在妻子面前，才會比平常更加多話。

他將美月扶至躺椅坐下，跟著，回到書房，取了一瓶藥水，轉往臥房，處理芸芬。

芸芬終究是他的部屬，加上是意料之外的犧牲者，方先生特別對她寬容，將幾滴能令她失去所有知覺的奇妙藥水，滴在她的上唇之處和口舌中，如此一來，在美月「享用」芸芬時，芸芬將不會感到任何苦痛，她生命中最後的記憶，在見到美月那一刻、嚇得昏厥時，便已經畫下了句點。

方先生將她拖至臥房浴廁，抱著她使她平躺於浴缸裡，將她額前凌亂劉海撥齊些，嘆了口氣，轉身離開，關燈。

美月僵硬緩慢地走入臥房，踏入陰森黑暗的浴廁，緩緩伏下。

像是等不及要「享用」這個十分美味，又使她暴怒發狂的女人了。

方先生關上了門。

他聽見裡頭傳出了一陣一陣的撕裂聲、咬嚼聲、呑嚥聲，知道妻子十分滿足地用餐，他心中那絲遺憾，也便漸漸退去了——妻子的快樂，就是他最大的快樂。現在，他必須要去處理外頭浴廁裡的那兩個焦人，他打算將之製成能夠長期保存的「料理包」，作爲妻子之後幾天的加菜點心，以及準備聯絡裝修公司，來修補和室損壞的木板了。

方先生故事之三

虐

清晨的陽光透過窗戶灑在鵝黃色薄被上，鬧鐘清亮響起。

小忠坐起，舒伸懶腰，揉揉眼睛，打了個大大的哈欠。

他坐在床上，微笑看著窗外，在那鐵窗欄杆上有個特製鳥籠，裡頭擺著飼料和飲水，還有一隻麻雀。

鳥籠長四十公分、寬十八公分、高十五公分——雖說是鳥籠，但形狀更接近捕鼠籠，這是小忠託朋友特別訂製的籠子，裡頭食物與飲水置放在長籠一端，另一端是扇小門。

小忠伏在窗沿，微笑地看著這長型鳥籠，看著裡頭的小麻雀左蹦右跳，這兒啄啄那兒跳跳，好半晌後，他才下床更衣盥洗，準備上班。

他是個平凡的上班族，沒有特別遠大的志向，工作表現也並不突出，是那種多他一個不多，少他一個不少的人。

他笑嘻嘻地出門上班、笑嘻嘻地搭車、笑嘻嘻地進入公司，再笑嘻嘻地挨主管罵——挨主管罵當然不能再笑嘻嘻，因此他即時收去笑容，但仍來不及，主管還是瞧見他嘴角透露出來那漫不經心的笑意。

主管這陣子像是盯上了他般，一天到晚就喊他來訓話，批評他工作績效、指責他工作態度、挑剔他的服裝、嘲諷他的髮型，甚至調侃他的長相。

他戴著厚重眼鏡，兩隻眼睛不特別好看，也不難看，但就是少了些鮮活感，像是一個久病不癒的重患，或是一個長年服刑的囚犯。

他的笑容是半年前主管硬替他加上去的，他身上散發出的沉沉死氣，倘若不笑，便眞的和一個死人無異了，但此時主管卻有些後悔當初的叮囑，他覺得小忠即便是在笑，也笑得像是個索命鬼一般。

主管會這麼針對小忠，原因是在三個月前，小忠和同事午休時使用即時通訊軟體閒聊，兩人針對主管某件私人醜事大大嘲弄諷刺，但他們並不知道公司電腦裝有監控側錄軟體，主管能夠直接在辦公室裡監看每部電腦裡一切通訊紀錄。

當然，監控員工私人通訊軟體帳號不是件光明正大的事，因此主管也沒有當場發作，甚至在那幾天當中，仍然與他們有說有笑，然後，再從一件一件的瑣事挑出毛病、借題發揮，不斷刁難兩人。

小忠那同事兩週前離職了，主管的砲火便集中在小忠一個人身上。

小忠冷著臉挨訓，然後在主管大力揮手示意足夠之後，緩緩轉身離開，一日之中，他總要吃上主管幾頓類似的排頭。

「主管這樣刁你，你都不生氣喔？」小忠座位旁的阿文這麼問他。

「不會啊。」小忠面無表情地答，他繼續處理著工作上那些繁雜事務，這三個月以來，主管派給他的任務比以往困難許多，大都是些吃力不討好的糟糕工作，只要一有錯誤，自然得挨上好一頓罵。

小忠默默無語地工作，直到午後、直到下班，他和往常一樣返家，他會固定在同一家便利商店購買同樣的超商便當、同樣的零食、同樣的瓶裝飲料。

然而他今天多買了一樣東西——美工刀，因爲他覺得舊美工刀用得鈍了，他也懶得上書店或是文具店購買替換刀片，不過是一支二十元的美工刀罷了。

他在接下那年輕女店員遞來的找零時，掌心感到她指尖微微的觸感，心頭不禁一陣悸動，有種難以言喻的感覺刺激著他全身上下的神經，那是種神祕的愉悅感，是他一直在尋找的感覺；他眼中的死寂稍稍化散些許，增添幾分活力和朝氣，就和他偶爾早晨起床時，望著窗外長籠裡頭的小麻雀一樣。

「嗯？先生，怎麼了？」便利商店店員貼心地問。

小忠搖搖頭，轉身離開。他步伐加快、呼吸也加快、心跳也加快，他急匆匆地返家，一步步向上跨，開門，關門。

他在廁所洗手台前不停地潑水洗臉，直到將襯衫都染濕一大片，這才停下手，看著鏡中茫然無神的自己，又緩緩地垂下頭。

再抬起時，鏡子裡頭那人，變得極度猙獰。

他雙眼紅通通地大睜著，嘴角誇張上揚，那是張沒有一絲笑意的詭譎笑臉，如同將一個處在盛怒情緒下的人，硬生生扯出笑臉那般。

他維持著這張臉轉身走出浴廁。

他家格局是兩房一廳，一間是他的臥室，另一間房門則時常鎖著。他快步進入主臥室，將襯衫換下，穿上一套淡青色寬鬆服裝，跟著他揭開窗子，將那裝著一隻麻雀的長籠提進屋，提出臥房，提向他家中的第二個房間，那個鎖著的房間。

他以鑰匙旋開門，裡頭空間不大，乍看之下卻挺寬敞——因爲只有一張桌子和一只小櫃，他按下電燈開關，亮起一盞紫色的燈，他進房帶上門，整間房間更顯得妖異紫艷。

他將長籠放在桌上，凝視著裡頭猶自東張西望的小麻雀，一面吃著自便利商店買的便當，同時思考著飯後遊戲。

二十分鐘後，他有了兩個腹案，都是令他感到有趣的玩法，他轉身來到小櫃前，拉開抽屜，挑揀出一些「工具」，大都是些尖銳但奇形怪狀的金屬器具。

他拿著幾樣金屬器具，來到長型鳥籠前，將工具一一整齊擺放，當然，也包括他新購入的美工刀。

他戴上黑色手套，手套十分厚，遮住了大半截胳臂，是特製用來防牙咬、防喙啄用的。

他揭開鳥籠小門一角，將手伸入，小麻雀受驚而掙動、振翅要逃，但仍無法逃脫這不斷接近牠的怪手，最後，小麻雀被抓住了，一張小喙還不停張張合合。

他將小麻雀擺放上桌，桌上有些釘子，那些釘子連結著細長鎖鍊，鎖鍊上沾染著烏黑痕跡，那是血跡。

這個房間是他的世界，他只要站在這間房間中央，就覺得自己變成了王。

在他正對面的牆壁上，貼著一幅合成圖片，那是一張帝王畫像，但小忠用不怎麼高明的合成技巧，將臉孔換成自己的。在那紫艷光芒的襯托下，那張帝王小忠像，倒也有幾分威嚴。

小忠將小麻雀以細鎖鍊綁在木桌上，挑出一支細長金屬銳器，開始進行遊戲。

他一面動作，時而看看牆壁上的自己，時而低頭看看麻雀，時而抬頭看著天上的紫燈；他雙手有時慢、有時快、有時激烈顫抖、有時沉穩冷酷；他的手套濺上片片羽毛和點點紅血；他微微喘息起來，他的脖子冒出青筋，他的咽喉發出野獸的嘶鳴聲。

他的動作乍看下像是外科醫生，卻不是在醫治生命，而是在醫治自己內心的缺口——

他替自己開出的藥，是小麻雀的痛苦。

只不過，小麻雀的生命太脆弱了，在他興奮的情緒才剛要高漲之際，便已死去，破碎的翅膀仍緊緊綁束固定在桌面上——此時能讓人辨認出桌上那零零散散、碎碎紅紅的東西其實本來是一隻麻雀的，也只剩下這雙纖瘦破爛翅膀了。

「喝……喝……」小忠看著雙手底下的那灘碎爛漿紅，只覺得喉間像是哽了什麼東西，他覺得太少了、他覺得還不夠……

如果要宣洩他今晚的鬱氣，像是這樣子的麻雀，至少也得要十隻八隻才行，或者是五隻老鼠、一隻貓，甚至是一隻狗什麼的。

如果是一個人——

小忠雙眼轉而僵凝，他的眼睛大大睜著，卻看不到東西了，他的腦袋裡充滿了她的俏麗模樣，她是那個便利商店女店員。

她在那家便利商店工作兩年，小忠向她買了兩百一十六個同樣的便當，兩百一十六包同樣的瓶裝飲料，和三十二把美工刀。

如果是一個人的話，如果是她的話——

他開始想像在那種情況下，他會有多興奮，實際上這樣的情景他早已幻想過無數次了，每一次都讓他覺得全身像是火一樣地燒了起來，然後他需要一隻狗，或是一隻貓，或是許多更小一點的活物什麼的。

他這樣的習慣已經維持了許多年，他甚至忘了自己是從什麼時候開始有這樣的嗜好，在這張桌子、這座刑台、在他手下逝去的生命已不可數。

被他當作填補心靈空虛的「藥」多不勝數。

但這樣的「藥」，不僅沒有治癒他的心靈。

反而令他上癮，將他調理成一頭恐怖魔神。

這位魔神過去受困在這間紫色房間裡，當他踏出房間，他會變回那個多數外人眼中，再普通不過的普通人；只有當他踏進這間房間，他才會變成自己心目中的皇帝、那位魔神。

但是這條界線似乎慢慢被他日漸凶惡的慾望壓過，他壓抑不住心中的凶念，他不想只當小麻雀、小狗、小貓、小雞、小鼠眼中的魔神。

他好想好想成爲另一個人類眼中至高無上的皇帝。

他決定要跨出界線了，他緊緊咬合的嘴稍稍放鬆了些；他站直，走出紫色房間，換上乾淨衣服、套上大衣、戴上帽子，才離開他的住所。

他在街上晃蕩，他知道此時是女店員下班時間，半年前他就知道了。

他遠遠見到那換下制服的可愛女店員，正在一排停放機車的角落邊，像是在翻找什麼。

「喵喵、喵喵、出來——」女店員對著其中一輛機車的後車胎這麼喚著。

小忠在女店員旁停下腳步，盯著女店員露出的細白脖頸微微出神。

那女店員注意到身旁的小忠，感到有些不好意思，她說：「對不起，這是你的車嗎？有隻小貓卡在裡面，牠好像受傷了……」

「嗯？」小忠側過頭去，見到那摩托車後輪與輪胎罩子的間隙中塞了隻小白貓。

小白貓還是幼貓，小小一隻，似乎在躲避著什麼，塞在縫隙中不肯出來，不停喵喵地叫。

「我來。」小忠感到一股異樣的興奮在他體內激衝不止，他也蹲下，肩頭輕貼著女店員的肩，將手伸入輪胎和輪胎罩子當中，猛一抓，將那隻小白貓硬是抓了出來。

「小心，牠受傷了。」女店員見小忠動作粗魯，有些不忍，連忙將小白貓接回懷中，只見那貓渾身雪白，右前爪受了不輕的傷，是嚴重骨折，一小截斷骨甚至插出皮肉，還淌著血，她皺著眉頭對貓說：「不痛不痛，我帶你去看醫生。」

「這附近應該沒有獸醫啊。」小忠這麼說，他指著自家方向說：「我家就在附近，我室友是實習獸醫，不如先讓他把小貓的腿包紮固定，妳再帶牠去找獸醫院。」

「可是……」女店員感到有些無措，她遲疑地不敢和小忠走。

「妳看牠骨頭斷成那樣，再不固定，牠可能會痛到死喔。」小忠指了指小白貓。

「好吧。」女店員蹙眉想了想，看著懷中雪白小貓渾身顫抖，張著淚汪汪的眼睛朝著她咪咪叫，她不忍心這小東西被這麼恐怖的痛苦折磨至死，只好跟著小忠回家。

她隨著他上樓，停在門前，小忠取出鑰匙開門、入屋，但女店員卻遲疑地不願進去，她雙手捧著小白貓遞向小忠，說：「我在外面等就好了。」

「……」小忠歪著頭不答，接過小白貓——他用一隻手提著小貓尾巴，任由牠四肢亂擺，小貓痛得發出了嘎嘎呀呀的哀鳴。

「不是那樣抓！」女店員皺著眉喊，上前將小貓搶回懷中，對小忠說：「要這樣，用抱的，不能提尾巴……」

「我不太懂貓，怕捏死牠啊。這樣吧，妳把牠抱到房間，放在桌上，我現在就打電話給我室友，催他快點回來，他應該已經快到家了。」小忠這麼說，自顧自走去窩上沙發，拿起室內電話撥撥按按。

女店員嘀咕幾句、莫可奈何，她瞥向那透著紫光的房間，隱約見到裡頭那張大桌——乍看之下，當眞有點像是手術房的病床。

或許因爲如此、又或許懷中小貓的悲鳴聲暫時分散了她的戒心，她抱著小貓走向那紫色房間，來到門口，將門推得更開，這才看清楚木桌中央那灘紅糊糊的怪東西。

「呀——」她驚駭轉身，只見小忠已經站在她的身後。

「那是什麼？你想做什麼？」女店員尖叫想逃。

但瘦小的她隨即被小忠攔腰抱住，口鼻也同時被摀上沾滿乙醚的手帕，女店員意識到情形遠比她想像的要糟糕太多時，已經來不及了。

她很快便不醒人事。

小忠緩緩地將女店員放倒在地板，轉去將還半敞著的大門關上，這才回到女店員身旁，俯低身子嗅聞她身上氣味。

「啊——」小忠將腦袋埋在女店員胸脯間，深深吸嗅好半晌，仰起身子呼出長長一口氣，跟著全身劇烈地顫抖起來，他的眼睛發出厲光、他的臉孔歪曲猙獰、他的嘴巴合不攏，不停地發出「唔唔」的獸吼聲。

這人彷彿當眞成魔了。

「喵——喵——」小白貓唉唉地叫，一雙大眼睛骨碌碌地轉動，牠虛弱地癱在地上，連跑都跑不動了。

「嗯，不能浪費！」小忠將女店員抬上沙發，取出塑膠繩子捆縛女店員手腳，還在她口中塞了毛巾，這才轉身抓回小白貓——

女店員太珍貴了，他興奮之餘，還沒想好該怎麼「玩」她，他需要思考、他需要草稿——這隻小白貓，似乎就是一張不錯的草稿紙。

他要來畫設計圖了。

他拎著小白貓尾巴，踏入紫色房間、踏入他的魔神國度。

他將小白貓放上桌，從小櫃取出黑色塑膠袋和抹布，將桌上那灘碎麻雀掃進袋中、稍稍擦拭桌面，將血污和羽毛、碎屑清去，這才將小貓拉到木桌中央。

他拉了張長凳，在木桌前坐下，一手托著臉頰，一手捏著小白貓尾巴，歪著腦袋打量小貓。

在心中規劃著遊戲草圖。

小白貓極度虛弱，雪白的毛十分柔順，像一隻被細心呵護照料的家貓，照女店員說法，這隻貓顯然不是她的，那麼是誰養的呢？

小忠幻想著養這隻小白貓的主人，或許是個氣質出眾的美麗女子。

小忠覺得自己實在太幸運了，如此輕而易舉地，兩個玩具就這樣到手了，其中一個甚至是他注意已久、一個活生生的人，他從以前就很想「玩一下」的瑰寶，但他從來都沒有這樣的膽子，或許是他的主管在背後推波助瀾，一日日替他累積勇氣和怨念，增加他膽量和決心。

「謝謝你，主管。」他想到這兒，不禁呢喃地嘲諷起他的主管，事實上，和那個年輕可愛的女店員相比，他更想「玩」他的主管。

他開始替小白貓的四肢鎖上細鐵鍊，小白貓前腳傷得極重，早已無力掙脫了，此時就連被扯動到傷勢而受到劇痛，也只能顫抖，而無法掙扎或是尖叫了。

小忠的吐息逐漸加重，他又要從一個毫無存在感的平凡死老百姓，搖身一變成爲這個紫色國度裡，君臨天下的帝王了。

他隨手抓起一個怪異鐵器，盯著小白貓連連呑嚥口水，他特地掏掏耳朵，想要仔細聆聽接下來可能聽到的一切聲音，他對這間房間做過特別的隔音處理，窗子也是封死的，完全與世隔絕。

強烈的興奮甚至讓他起了生理反應，他手捏著的那尖銳器具緩緩地往小白貓探去。

叮咚叮咚——

是門鈴聲，他的國度雖然經過隔音處理，但有特別的線路將電話和門鈴聲接進房間中的小揚聲器，否則若他總是錯過電話或電鈴，很容易會令人起疑的。

此時他有些憤怒，應該說是十分憤怒，他重重放下那器具，氣呼呼地撥抓頭髮，快步走出他的國度，將門關上。他在沙發前愣了一愣，先將女店員抱進了臥房，擺上他睡床，還拉了被子替她蓋上，在她臉頰上輕輕一吻，這才深深呼吸幾口氣，轉出房應門。

他以往也有數次在「當國王」的過程裡讓人打斷，他有充分的經驗讓自己保持冷靜和機智。

他先是對著門板上的窺視小孔向外張望，站在門外的，是一個年紀與他相仿的男性，戴著方框眼鏡，樣貌斯文。

他將門拉開半邊，而不是一條縫，以顯示自己並沒有在做什麼見不得人的事，他問：「先生你貴姓？有什麼事嗎？」

「我姓方。」門外那瘦高蒼白男人，有些靦腆地說：「我家的貓走失了，想請問先生你有沒有看到？」

「貓？什麼貓？長什麼樣子？」小忠友善地問。

「是隻小貓，嗯……差不多這麼大。」方先生用雙手略微比了比小貓體型大小，補充說：「牠的毛很白，像是白雪一樣。」

「嗯……樓下好像有小朋友有看過呢，我會替你留意一下。」小忠微笑地點點頭，心中卻是十分震驚，眼前這位方先生，應當就是小白貓主人沒錯，但他是怎麼找上這裡的？他是怎麼知道自己將貓帶回家的？難道他沿路問，剛好有個路人甲什麼的看見女店員捧著貓和他一同進入這棟公寓嗎？如果是的話，那倒很好理解。也因此小忠仍從容說著：「方先生，你不妨回家做一些告示，我幫你分發給住戶，要他們如果發現貓，就通知你。」

「謝謝。」方先生微笑。

小忠關上門，轉身，啞然失笑，他覺得門外那方先生就和小丑一樣，來逗他開心的。

「嗯！」小忠站定腳步，甚至後悔剛才沒有向他索取聯絡方式，否則之後還可以佯稱替他找著貓了，要他來領回，那麼，他就又多了一個玩具了，甚至是兩個玩具，他應該有個妻子，這隻貓，應該是他妻子的。

小忠忍不住這股打從心底的興奮和喜悅，他覺得自己的皇帝遊戲，似乎變得比以往更加有趣好玩了，他覺得他的位階，似乎比皇帝還高了一個等級。

他回到房裡，重新醞釀了一會兒情緒，準備動手。

叮咚叮咚——門鈴再次響起。

「喝——」小忠憤怒地將那器具摔在地上，快步出房，來到門前，透過窺視孔見門外仍是方先生，憤怒之餘還夾雜幾分驚喜，便深深吸氣，讓自己看來和藹些，暗暗想著要如何向方先生要聯絡方式。

「嗯，方先生，還有什麼事嗎？」小忠打開門，微笑地問。

「……」方先生苦笑了笑，像是不知道該如何開口，他終於說：「老實跟你說，我知道咪咪在你房間裡，本來我想自己找時間拿回來，但現在我趕時間，恐怕得請你配合一下，快將咪咪還給我，這樣對大家都好……」

「方先生，你憑什麼這麼說？」小忠瞬間變臉，他皺起眉頭，冷冷地斥問：「你的意思是我偷了你家的貓？」

「不管是偷還是其他方式，總之我希望你把咪咪交出來，我知道牠受了傷，我要替牠治療。」方先生淡然地說，他伸手進了口袋，像是在掏摸什麼一般。

「方先生，你知道這樣的指控有多麼嚴重？」小忠感到極度的憤怒，他在公司被主管刁難，是爲了賺取生活所需，他將之視爲一種臥薪嘗膽般的任務，但他無法容忍眼前這個氣質與他有些接近、年齡也與他有些接近，甚至看來比他還要年輕些的男人這樣從容不迫地指正他，這傷害了他身爲一個皇帝的尊嚴。

「嗯，請你把貓還給我。」方先生也稍稍收去笑意，他自褲袋中摸出了一隻金龜子，那金龜子撲翅振動，像是在對方先生發送什麼線報一般，方先生端看那金龜子一會兒，越看越是搖頭，甚至皺起眉頭來，說：「不，不好。」

方先生終於露出緊張的神情，也提高了聲音，對小忠說：「我給你最後一次機會，把貓還我，否則，我只好自己動手拿了。」

「你這人有毛病？你憑什麼？」小忠重重將門關上。他快步回到他的小房間——他的國度。

這次他將房門上鎖，還將傳遞電話和門鈴的揚聲器關掉，他不想再受打擾。但倘若那方先生冥頑不靈，甚至報警呢？藏起一隻小貓不是難事，但他房中還有一個睡美人呀，要是讓警察發現了他房中那讓乙醚迷昏了的女店員，他可得花上好一番工夫解釋了。

他歪著頭猶豫著是否該出去安撫方先生的情緒，他知道方先生還在門外，他關上了揚聲器，此時僅能聽見細微而急促的門鈴聲不停響著。

但他沒有太多時間猶豫，一聲極度刺耳的抓刮聲使他登時悚然，那是什麼聲音？他四顧張望，那一聲抓刮聲像是從牆上發出來的。

刮——

又是極度響亮的抓刮聲，那像是尖銳的器具，刮破木板的聲音。小忠更加驚訝，他四處張望。

刮——

刮吱——

刮吱嘎吱——

抓刮聲開始伴隨著碎裂聲，像是有層層木板給抓破了。

他緩緩回頭，目光集中在身後那面牆上，那面牆本來應該有一扇窗戶，但小忠用隔音材料將整面牆封死了。

刮——嘎吱——

牆壁上出現一道裂痕，跟著再一刮，又是好幾道裂痕，粉碎的碎屑紛紛撲落，再刮——那裂痕變成了一條溝口，跟著，是兩隻紫黑色的手，自那條溝伸入，向左右一扒，啪啦！

小溝變成了一個大洞，房內紫艷的燈光映在那洞外探身進來的半截身子——

方太太。

方太太體膚是紫黑色的，雙眼瞪得極大，目光停留在木桌上的小白貓身上。

「唔……唔……」小忠身子劇烈顫抖起來，手上器具落在桌上。

他雙腿發軟、連連後退，他居住的公寓有七層樓高，他不知道這個紫黑色的女人是怎麼爬上來的。

方太太再一掙，整個身子都鑽入房內，她伏在地上半晌，然後歪歪扭扭地站起身來，她穿著一身絲質睡衣，歪斜著頭走向木桌，輕輕摸撫著小白貓，她想要將貓抱起，但有幾條細鍊鎖住了貓。

方太太的臉上露出了怒容，目光倏然掃至小忠的臉上，嘴巴咧開，發出了憤怒的低吼聲。

「嗚哇——」小忠尖叫地掙扎站起，想要奪門而逃，但門一開，門外站著的正是方先生，方先生雖懂得不少奇異黑魔法，但驅使靈蟲開門，總也得花上一些時間，這次算很快了。

方先生望了望方太太，苦笑搖搖頭，手一張，一隻金龜子倏然飛起，貼在小忠的額心，小忠登時覺得雙腿一麻，癱軟倒下，他眼睛睜著，意識清晰，但就是動彈不得，也無法發聲。

方先生跨過癱倒在地上的小忠，先給妻子一個擁抱，替她拍去身上的木屑，柔聲說：「就跟妳說交給我就行了，妳看妳這樣出來，沿路上一定有人發現到妳，這樣很麻煩呀，真傷腦筋。」

方先生邊說，邊取出一些奇異藥物，替小白貓咪咪治傷，咪咪總算恢復了些許精神，在方先生的掌心蹭了幾下，喵喵叫了兩聲。

方太太走到小忠身旁，垂下手，手指掐進小忠的臉頰，將他拖行到房間空曠處。

小忠感到臉頰上發出椎心刺骨般的劇痛，事實上他的臉骨確實也給抓碎了一部分，他呼吸急促，他從不知道皮被扯開、肉被刺穿、骨頭折裂，是這麼這麼的痛，他「玩」過上百隻鳥類、兩百來隻囓齒類、數十隻兔子、十二隻貓、三隻狗之後，終於深刻地知道他最喜歡的遊戲，是一件什麼樣子的事了。

方先生拍了拍方太太的雙肩，拉起她的手，取出手帕擦拭，對她說：「美月，別這麼粗魯，又不是野人，何況他還沒有清潔，不衛生吶，這樣好了，把皮剝開，直接吃肉，比較不髒。」

「正好，這裡有一堆工具都很合用。」方先生看了看桌上各種器具，覺得挺有意思的，他起身又在四周小櫃中摸找出各種器具，一一遞給方太太，方太太也記著方先生的叮囑，盡量維持淑女的吃相。

細細碎碎、小小心心。

小忠癱在地上，一動也不能動，雙眼瞪得僵直，他能清楚地感受到每一刀、每一湯匙在他身上取下了一小部分的細微感覺，那是一種讓他全身的毛細孔都張開的激烈劇痛。

而小忠額心上的金龜子，讓小忠保持完全清晰的神智，卻絲毫無法動彈或是叫喚。

方先生來到那窗戶處牆壁的裂口位置，將幾片垮裂的木板扳合，避免對樓的人不經意地瞧見這兒發生的事。

他輕哼著歌，在房中踱步，逗咪咪玩，偶爾和妻子說說話，他吹著口哨來到小忠的臥室，對依然昏睡中的女店員施下三股黑魔法，女店員睜開了眼睛，起身下床，像是夢遊般地整整衣物、拍拍褲子，悠然離去。

她會安然無事地回到自己家，洗澡後睡上甜美一覺，然後在宜人的清晨中醒來，什麼都不會記得。

本來方太太未必會放過和小忠同處一室的女店員，但有咪咪作證，使方氏夫妻知道這年幼可愛的女店員，原來是咪咪恩人。

方先生在客廳看了場球賽，回到房中，打了個哈欠，倚著門欄瞅著方太太呵呵笑，將方太太扶起，帶她上廁所擦了擦嘴，拍拍她的臉蛋說：「吃得滿身都是，真可愛。」

小忠一截右大腿只剩下白骨，左腰和一部分的手臂肉沒了，但他意識仍然清楚，他的血似乎要流乾了，但他卻沒能夠死。

方先生在他身上補充了幾股魔法，讓他能夠長時間繼續苟活著。

方先生摟著方太太在客廳中坐下，他自冰箱中取出冷凍調酒，替自己和太太各自倒了一杯，說：「美月，就當是度假吧，這頓飯，應該可以吃很久。」

小忠覺得天旋地轉，他應當昏厥的，但他昏不了，他的意識極端地清晰，他甚至能夠感覺到自己腰間破洞中某些碎爛爛的器官，所發出的細緻而劇烈的痛楚，巨大的汗滴和眼淚不停自他額上和眼中滑落，他斜眼看著牆上自己那張帝王合成圖，圖中的帝王小忠也看著他。

原來當奴隸、當玩物，是這樣子的。

時間過得好慢。

還有很久很久。

李太太

老舊昏暗的咖啡廳沒什麼客人，老闆倚坐在櫃台把玩平板電腦。

咖啡廳角落小桌坐著一男一女。

墨鏡男五、六十歲，身形矮小，即便戴著墨鏡，也遮掩不住那自內心透出的猥瑣氣息。

李太太三十來歲，容貌美麗、一身貴氣，全身上下的首飾加起來，能買下七、八間這樣的咖啡廳。

墨鏡男啜飲咖啡，李太太翻著一本手工型錄。

型錄上一張張照片都是些人形或是動物玩偶，像是一本玩具型錄。

照片底下寫著姓名和價錢，以及一排骷髏頭符號，那些骷髏頭像是等級標示，從一顆骷髏頭到十顆骷髏頭不等。

李太太彷彿在挑選禮物般翻過一頁頁型錄，問：「你剛剛說，七顆頭以上的都缺貨？」

墨鏡男點點頭。「是呀，七顆頭以上的都還在『修行』；太太，妳這件工作，五顆頭差不多就能完成了，不需要用到七顆頭……」

「你剛剛說，骷髏頭越多，表示越凶。」

「是。」

「我要凶一點的，如果現在沒有的話，我可以等。」李太太這麼說時，雙眼流露出凶殘的目光。「我時間很多。」

「……」墨鏡男望著李太太堅決而銳利的雙眼，放棄本來打算推薦的幾款娃娃，翻過數頁，手指在一個日式人形娃娃照片上點了兩下。

照片裡那人形娃娃身穿紅色和服，一頭長髮，面無表情卻隱隱透著邪魅氣息。

「秋子，一千兩百萬。」李太太喃唸那人形娃娃名字和價錢，數著價錢底下的骷髏頭。「七顆骷髏頭。」她抬頭望著墨鏡男。「你要賣我這隻？你不是說七顆頭以上都……」

「現在在外面修行，快回家了。」墨鏡男推推墨鏡，說：「還有一週左右，如果妳堅持要七顆頭的娃娃，她是最快能夠賣妳的一尊，也是七顆頭裡最好的，說不定——」墨鏡男說到這裡，望了那娃娃價位一眼。「她回家時，已經八顆頭了。」

「八顆頭多少錢？」李太太冷冷地問。「開個價吧。」

「李太，妳別誤會。」墨鏡男這麼說：「我可不是坐地起價，我只是在說這娃娃資質極佳，成長得快；妳放心，到時候她回來時，不論有沒有進步到八顆頭，我還是算妳七顆頭的價；她辦事俐落，讓妳開心，妳替我多介紹點客人就好了。」

「只要你這娃娃能替我收拾掉那些賤貨，多少錢我都付。」李太太這麼說：「別說介紹客人，這娃娃用壞了，我再向你買新的，有多少買多少。」

「哦……」墨鏡男抓抓臉，忍不住問：「李先生身邊……有這麼多賤貨？」

「多著呢。」李太太哼哼地說：「我忍好多年了，現在不想忍了，有多少，我殺多少。」

「呵呵。」墨鏡男點點頭。「秋子絕對可以滿足李太妳的心願——壞了傷了，我這裡終身保固，不會讓妳多花一分冤枉錢。」

李太太取出手機看看行事曆，問：「你剛剛說，要等一週左右？」

「對。」墨鏡男說：「她寫完最後一道功課，就會回家了，到時候我介紹妳們認識。」

「是什麼功課？」

「把一棟房子裡的房客開膛剖腹、挖空內臟、嚼肉飲血、咬得碎碎爛爛。」

「這……這項功課是在學習什麼？殺人毀屍？酷刑？虐殺？」

「不……殺人毀屍、酷刑虐殺這些東西，她很熟練了。」墨鏡男神祕地笑說：「我給她這項功課，是想逼一個頑固老房東賤賣他家房子。」

□

「哼，他要我賣，我偏不賣！」老房東氣呼呼地帶著史秋上樓，來到三樓一戶門前，開門進屋，還不時嘮叨碎唸。「我寧願便宜租給你們這些年輕人，也不讓那敗家子稱心如意。」

「年輕人呀……」史秋挑挑眉——他已經不年輕了，三十好幾，寫了十幾年鬼故事，銷量不高不低、存款不多不少、有個交往數年，不算美也不算醜的女友。

他前一間租屋處即將被房東收回出售，經朋友介紹而認識這老房東。這整棟四層樓老公寓都是老房東所有，半年前，老房東久未聯絡的侄子找上門來，說有個大老闆託他來遊說老房東出售這棟老屋。

老房東一口回絕。

老房東一直不喜歡這侄子，覺得他嬌生慣養過了頭，前幾年聽說侄子經商賠光家產，還將老房東大哥僅剩的棲身老屋，且是老房東自幼長大的老家變賣周轉時，嚷著要替大哥拿掃把將那敗家子打出家門——他自然沒有這麼做，他大哥即便老淚縱橫地搬出老家，依舊護著兒子，只盼兒子有天能夠出人頭地。

前兩年，老房東大哥沒能等到兒子飛黃騰達，就病逝在安養院。

老房東和這侄子更是不相往來，卻沒想到侄子會主動找上門來，嘴裡說的還是同一套——**叔叔，黃老闆看上你家附近地段，想收購你這房子，他開了個漂亮價錢，您考慮考慮……**

「考慮個屁！」老房東碎碎罵著。「我又不缺錢，賣什麼房子！就算我缺錢賣房子，也賣給別人，偏不賣給你牽來的大老闆！」

史秋在屋裡繞了繞，覺得這老公寓屋況雖舊，卻沒嚴重問題，且地段佳，價錢漂亮，比周遭租賃單位便宜了一成左右，因此這四層樓八戶人家，始終滿租，這得來不易的空缺，是原本這戶租客，也就是史秋多年責任編輯小孟結婚搬入新屋，找史秋接手承租的結果。

今天就是史秋與老房東另訂新約的日子。

「你沒賣給侄子介紹的大老闆，他沒耍什麼小手段吧？」史秋在租約上簽字蓋章，隨口問。「像是電影小說裡演的一樣，派人來搗亂什麼的……」

「諒他沒那個膽，當我吃素呀！」老房東哼了哼，豎著拇指頂了頂自己胸口。「我認識的議員、立委、老闆也不少，我自己就是地主，他算老幾，敢打壞主意，就算我不跟他計較，我兒子也不會放過他。」老房東說到這裡，頓了頓，又說：「其實黃老闆開的價錢的確不差，人也算正派，我拒絕之後，他也沒為難我；總之我就不想讓那小王八蛋賺人情跟仲介費，如果不是那個敗家子，我大哥可以多活幾年，哼！」

「所以你不賣房子，你侄子也沒賺成仲介費。」

「何止，我還對黃老闆講了不少那敗家子壞話，要黃老闆以後別跟那臭小子合作。」

史秋簽完租約，送老房東下樓。

老房東說自己沒那麼老、架子也沒那麼大，不需要人送下樓，自己走就行了。

史秋挑挑眉，不置可否，正要關門，卻聽見樓上發出一聲尖叫。

那是住在正上方樓層的王太太的聲音。

王太太年紀大史秋和編輯小孟兩歲，在小孟搬來前兩年，就和老公住進這老公寓，一租好多年，是老房東的忠實租客。

王太太的尖叫聲淒厲嚇人，老房東和史秋急忙上樓。

「怎麼了？」老房東身上沒帶王太太這戶備用鑰匙，只能著急地拍門，朝屋裡喊：「發生什麼事？」

王太太涕淚縱橫、連滾帶爬地奔到門前，開了門，跪伏在地，指著臥房方向喊。「娃娃！娃娃動了！動了——」

「娃娃？」老房東和史秋相望一眼，一時不明白王太太口中的娃娃，是什麼東西。

□

「你說，你派秋子去一棟老公寓裡鬧事，想讓屋主賤賣他的房子？」李太太問。

「是。」墨鏡男點點頭。「一開始，那老房東的侄子找上我，想我幫忙替他出口氣。」

「出口氣？」

「那侄子本來遊說了個建商老闆收購老房東的屋子，開發新大樓，想抽點佣金；老房東不但不賣，還反過來對那建商老闆說了不少他的壞話，不但壞了這筆生意，還壞了他與那建商老闆後續的其他計畫；那侄子氣炸了，想要報復自己的叔叔，但他沒錢沒勢，只好找上我。」墨鏡男這麼說：「他要我替他教訓他叔叔。」

「教訓他叔叔的意思，就是逼他賤賣房子？」李太太好奇問：「賤賣給侄子？還是建商？如果鬧太凶，建商還願意收嗎？」

「是我想收。」墨鏡男笑著說：「我去看過了，那棟樓不錯，我喜歡，我跟那侄子說好了，我不收他錢，還反過來包個紅包給他，只要那老房東肯賣，這屋子我接手，價錢壓多低，是我本事。」

「原來如此，建商怕凶宅，你不怕。」李太太這麼說：「但出過事的房子，你以後要轉賣也難。」

「不會轉賣，我不缺錢。」墨鏡男微笑說：「我喜歡那房子、喜歡那邊環境，拿來當我的行館，或是給『他們』當教室、當宿舍，都不錯。」

「教室？」李太太呆了呆，突然醒悟。「你是說，你想弄到那間房子，當那些娃娃的教室？」

「是呀。」墨鏡男。「那房子鄰近後山有廟有墳，是座陰山，很適合修煉。」

「你說你這隻秋子，只要一週時間，就能逼老房東賤賣房子。」李太太望著型錄上的日本娃娃。「你要她殺死老房東的房客。」

「死一個那老傢伙可能鐵齒不怕，死兩個三個、四個五個……」墨鏡男這麼說。「他還能不怕嗎？」

「等秋子忙完了，再通知我吧，我迫不及待看看那些賤貨的下場了。」

「沒問題。」

□

史秋窩在客廳一張老舊單人沙發裡，盯著擺在雙腿上的筆記型電腦，有點想念幾年前那間大屋——

現在和當年處境差不多，新故事截止期限逼近，而他靈感枯竭，一連換了數個題材，總是寫得不順。

他寫了十幾年鬼故事，吊死鬼、溺死鬼、病死鬼、枉死鬼、橫死鬼、支離破碎的鬼、窮凶極惡的鬼、小鬼、男鬼、女鬼、老鬼、色鬼……他幾乎都寫過。

幾年前，他在編輯小孟老同學親戚家一間鬧鬼大宅裡逍遙過一段時光。

對一般人來說，那大宅是間恐怖鬼屋，對他來說，那大宅卻像是天堂。

他天生不怕鬼。

當時他揭下那大宅裡某扇門上的符，揭開那鎮壓亡魂的封印，入夜之後，群魔亂舞、鬼哭神號，但在他眼裡，卻像是揭開一座靈感寶庫。

他在那大宅裡完成一篇又一篇故事，直到聽完了整棟大宅及方圓幾里內所有鬼物的故事之後，才依依不捨地離開了那棟房子。

後來他靈感枯竭，寫作效率低下，向編輯小孟提起重訪大宅，才知道那大宅已被拆除，與鄰近土地一同準備被開發成新市鎮。

「哎呀呀呀，現在就看妳的囉，妹妹。」

史秋轉頭，望著擺在沙發旁背包上那尊日式人形娃娃。

下午時，他向驚哭求救的王太太討來了這隻人形娃娃。

娃娃有一頭及肩長髮和齊眉劉海，穿著一身紅色和服，臉上有兩圈紅暈，有小巧的口鼻和一雙杏眼。

這是一尊模樣可愛的日式人形娃娃，但據王太太口述，這娃娃儼然是隻小惡魔——這是數天前，隨著網路購物一併收到的「贈品」。

王太太起初覺得那賣家人眞好，自己不過買了幾套情趣內衣，竟然額外送她這麼一尊高級人形娃娃，但佔了便宜的愉悅心情，很快地轉變成害怕驚恐。

王先生出差數日，王太太將這人形娃娃擺在床頭陪伴自己，最初兩晚她作著好夢。在夢裡，她彷彿回到了過去、回到了童年，而那娃娃就像是她的姊妹死黨，陪她跑、陪她跳、陪她堆沙、陪她玩芭比娃娃。

到了第三晚，夢中人形娃娃將她的芭比娃娃手腳跟腦袋都扭了下來，且還不夠，還要扭她的手腳跟腦袋。

夢裡的她，被那人形娃娃壓在地上，拗折關節，隱約感到陣陣痠疼。

第四晚，她在夢中驚醒，發現本來擺在床頭的娃娃，坐在她身旁，握著她的食指，她驚恐不解——驚醒前的夢裡，這人形娃娃，正好就在拗折她的手指，她嚇得將娃娃用垃圾袋裝起，擺在門邊，打算一早帶出丟棄。

一直到翌日下午，她買菜返家，準備替出差數日即將返家的王先生做頓豐盛大餐，卻發現那本來應當隨著垃圾袋一同被丟進定點垃圾箱裡的人形娃娃，竟好端端地坐在床頭上。

目不轉睛瞪著她。

眼神燃著熊熊怒火。

她尖叫，連滾帶爬地逃，開門對著老房東和史秋暴哭。

老房東聽她沒頭沒尾地述說那娃娃情況，一下子也聽不明白，專寫鬼故事的史秋倒是聽得嘖嘖稱奇，請王太太將娃娃交給他，說自己能夠替她「處理」這個娃娃。

王太太一點也不介意將娃娃無償贈予史秋——別說無償，就算要她付錢，她也會馬上送走這東西。

這人形娃娃就從王太太家來到了史秋家中。

客廳空蕩蕩的，便只擺著一張單人舊沙發，史秋那舊屋整理到一半，帶了幾天份的換洗衣物來與老房東簽約，打算順便閉關幾天，直到完成這份迫在眉睫的稿子後才返家繼續整理家當。

「妳沒有話想跟我說嗎？」史秋望著那人形娃娃，只覺得人形娃娃也望著自己，他凝視娃娃半晌，一時也漫無頭緒，腦袋裡翻滾過一個又一個和娃娃有關的故事，卻始終不滿意。

他有些睏了，闔上電腦放回背包、摘下眼鏡揉揉太陽穴、閉起眼睛想打個盹。

他作了個夢，夢見自己回到了童年時光、夢見自己身處在公園兒童遊樂場中，眼前的小朋友身影模糊、奔來跑去，卻都不願意跟他玩。

時光倒轉、變回兒童的史秋，也不以爲意。

童年時的他，本來就不屑跟同齡孩子玩，他對那些遊戲一點也沒有興趣。

夢裡的兒時的他，自顧自來到沙堆一角蹲下挖沙玩。

他望著自己挖出的沙坑，瞥見前方多了一個身影，他抬頭，見到一個身穿紅色和服的小女孩。

小女孩稱不上漂亮，卻也不難看，臉色蒼白了些，一雙眼瞳在整個眼睛中佔的比例大得詭怪，像是戴上特大號角膜放大片般。

「可以……跟你……一起玩嗎？」小女孩對史秋擠出一個微笑。

那是一個詭異且透出殺氣的微笑。

「隨便啦。」史秋摳摳鼻孔，問：「妳叫什麼名字？」

「秋子……」

「哪個秋？秋天的秋？」

「嗯……」

「眞巧，我名字裡也有個秋。」

「嗯……」

秋子在孩童史秋面前蹲下，伸手幫他一同挖沙。

她的手小小的，但力量似乎極大，像是挖土機，又像是電影特效，一轉眼就挖出一個行李箱大小的坑。

史秋蹲在坑旁，盯著秋子，又瞧瞧沙坑。「妳好會挖沙，挖這麼大一個洞，要用來幹嘛好呢？」

「把……你……」秋子張開嘴巴，露出一口碩大森白的詭異牙齒。「埋……起……來……」

「好喔。」史秋聳聳肩，自個兒躍入沙坑，蹲在坑中，抬頭望秋子。「可惜洞太小，只能躲一個人，這是我的祕密基地，妳不能進來。」

「你想……我跟你……一起躲嗎？」秋子低下頭，瞅著史秋怪笑。

她的蹲姿奇異，頭越壓越低，幾乎壓到膝蓋間，距離史秋的臉極近。

「看妳呀。」史秋揚手撥了撥秋子劉海。「我沒差。」

「好……」秋子噫呀怪笑，又飛快在史秋身旁扒出一個空間，整個人擠了進來。

擠進沙坑的秋子身子姿態更加古怪，像是一具壞了的玩偶般，手腳身軀都十分扭曲，貼在史秋身旁，說：「你想要……跟我……埋在一起？」

「不是埋，是躲，這是我的祕密基地，妳想參觀也是可以。」史秋自顧自地伸手在坑壁上抹畫，在夢境裡，不只秋子具有神奇力量，就連史秋也擁有神祕力量，他揮手一抹，本來沙壁變成像是水泥牆面，他在牆面上點點畫畫，畫出儀表板、小窗，當眞開始布置起自己的祕密基地。

「把你……埋起來……喲。」

秋子一聲厲笑，沙坑上方蒙上一襲紅布，遮住了上空。

史秋嫌暗，舉手繞了個圈圈，畫出一盞燈。

秋子伸手捏碎燈泡。

史秋又畫出一盞燈，還氣罵：「妳不要亂玩！妳會不會玩呀！」

秋子撲上史秋，勒住史秋頸子，張口咬他的臉。

「神經病喔！」史秋反手揍了秋子一拳。

史秋睜開眼睛，感到空氣中有些濁氣，低頭一看，只見那人形娃娃落在地上。

他起身撿起那人形娃娃，拿在手中翻看。「妳叫秋子喔？」

儘管秋子一動也不動，那雙冰冷眼瞳隱隱透射出凶光。

「怎麼不回答？」史秋抓著秋子搖晃幾下。「妳到底會不會說話？還是說王太太有妄想症？她腦袋有毛病？」史秋說到這裡，單手提著秋子頭髮，挑在肩上，在深夜客廳亂晃，唉聲嘆氣。「瞇一下就三點了，一天又過去了，還是想不到梗，怎麼辦？」

「混蛋，這房子空蕩蕩的連個家具也沒有，鬼沒地方躲，怎麼出來嚇我？」史秋提著秋子來到廁所，揪著她頭髮在鏡子前搖晃。「乖，說話呀寶貝，快開口嚇我，沒這麼遜吧，電影裡的鬼娃娃不是都超凶嗎？怎麼妳這麼害羞，連話都不會講？」

他自言自語半晌，見秋子仍無反應，索性窩進浴缸，將秋子橫擺當成枕頭，望著昏暗的天花板，再度打起盹來。

「恐怖之神呀，賜我一個美夢吧……」

他很快再次墜入夢鄉。

他夢見自己躺在一個骯髒浴缸裡，浴缸裡盛著半滿的古怪液體，浴廁牆壁上滿是褐色污痕，小氣窗嵌著一台老舊抽風機，夕陽昏黃光芒，自抽風機轉動的葉片間透進浴廁、閃爍映在另一端牆壁上。

史秋坐起身，望向浴廁門，見到廁外有些怪影竄動，不時響起幾聲奇異呻吟。

「哇，氣氛不錯。」他開始感到有些興奮了——秋子儘管沒有開口說話，但似乎能夠製造出極其擬眞的夢境。

他自半滿浴池提起雙手，瞧著濡濕雙手上掛著的幾隻蟲屍，和一些碎碎爛爛的不明肉塊跟皮肉組織。

一雙青色的手自他背後勾來，繞過他頸子，輕撫著他胸膛和小腹。

一個女人自後靠來，和他臉貼著臉，在他耳際呢喃碎語。

「什麼？妳說什麼？」史秋站起身，跨出浴缸，走過洗手台，轉頭瞧著鏡子。

鏡子裡的他，背上負著一個和服女人，女人像是無尾熊般攀抱著史秋後背，雙腿箍夾著他的腰，下巴抵在他肩上，和他一同看著鏡子，還瞅著他笑。

女人雙眼睜得極大，滿布血絲。

「妳是秋子對吧，原來妳是大人呀。」史秋望著鏡中秋子，反手拍拍她的臉。「妳講話咬字要清楚點，我才知道妳講什麼，而且要有趣喔，不有趣的故事我不想聽。」

史秋揹著秋子，走出浴廁。

他感到秋子勒著他頸子的力道逐漸加重，甚至張口咬他。

但他天生不怕鬼，加上自小到大，所有鬼怪都無法對他產生物理上的傷害——即便在夢境裡也是一樣。

「什麼？死？讓我死？妳說什麼？」史秋歪著頭，抓抓被秋子咬癢的脖子，順手撈撈她屁股，說：「講點新鮮的東西，老掉牙的我聽膩了。」

史秋踏出浴廁，見到客廳吊扇上垂吊著一個女人。

女人長得和秋子一模一樣。

「幹嘛？這是妳喔？」史秋來到那女人身下，撥撥她的腳。「妳是上吊死的？」

上吊女人頭上繩子斷裂，正好落在史秋面前，和他背後的秋子一前一後，同時張口咆哮起來。

秋子發出撕心裂肺的哭嚎聲。

「好吵。」史秋輕輕堵住耳朵，轉頭四顧。

畫面切換，女人橫躺在一張古怪桌上，桌上擺著各式各樣的人偶，一個個頭矮小的墨鏡男手忙腳亂地檢視著手中人偶——

這人偶和王太太交給史秋的日式人形娃娃一模一樣。

「這也是妳？」史秋湊近那墨鏡男身旁，回頭問秋子。

秋子還在不住啃咬著史秋脖子，神情有些驚慌，無法理解爲什麼她在自己的夢裡，都咬不透史秋肉身。

她被史秋拍了兩下，抬起頭來，望著自己偶身，又望望一旁自己的屍身，畫面快轉起來。

墨鏡男動作越來越快，整備妥人形娃娃，轉去秋子屍身旁，拿起刀，剖開秋子胸腹，取出她所有臟器放入一只麻袋裡，跟著用鋸子鋸開秋子頭蓋骨，挖出整個大腦，也放進麻袋裡。

跟著，又將人形娃娃也放進麻袋裡。

墨鏡男在麻袋上貼符施法半晌，將麻袋塞回秋子屍身腹腔中，縫合。

再將秋子屍身放入棺中。

那口棺擺在一處古厝某間空屋裡，一旁有祭壇，鄰近還有好幾口類似的棺。

畫面繼續快轉，一旁的棺開開闔闔，墨鏡男時常走過，有時差人抬下新棺，有時在附近祭祀施法。

一旁的小窗時亮時暗，窗外的樹漸漸高了，春去秋來，似乎過了好幾年。

畫面慢了下來，秋子那口棺喀啦啦打開一條縫。

一隻手探出棺蓋——那是人形娃娃的手。

娃娃秋子笑嘻嘻地探頭出來。

墨鏡男微笑走來，捧著一只上頭刻有「秋子」字樣的木盒，揭開盒蓋，像是在迎接秋子的甦醒。

秋子從棺中攀入盒裡，坐在盒中梳理著頭髮。

幾個手下上前清理棺材，史秋湊近瞧了瞧，棺底僅剩下一些污跡，已無秋子屍身——舊肉身變成了新偶身修煉過程中的儲糧，一點不剩。

「挺有趣的。」史秋點點頭。「然後呢？」

他沒有得到回答。

他自浴缸醒來了。

人形娃娃秋子踩在他胸口上，雙手高舉他用來做筆記的原子筆，面目猙獰地看著他。

「喔，終於動啦。」史秋挑了挑眉，試圖坐起。

秋子緊握原子筆插向史秋左眼——

□

男人坐在寬闊大桌前，一手端著酒杯啜飲美酒，微笑對著桌上平板電腦那端的貌美祕書柔聲細語聊著工作瑣事。

女祕書約莫二十出頭，才剛畢業不久，適宜的妝容下還透著些許青澀氣息。

李太太托著一碗參湯進房來到男人身旁，倚坐上男人大椅椅臂，整個身子貼上男人胳臂，將參湯放在平板電腦正前方，恰好擋住男人瞧視平板的視線。

「快十二點了，還忙工作？」李太太攬住男人頸子，將臉蛋貼在他額上。

「是呀。」男人微笑伸手撥開參湯。

平板那端的年輕祕書，朝著鏡頭燦爛一笑。「老闆娘好。」

「……」李太太面無表情地望著女祕書——彷彿看著十年前的自己。

一切都是那麼地熟悉，差別在於，十年前，平板電腦尚未普及，那時她是透過電腦視訊和男人通話。

那時她和此時平板裡的女人一樣，也是他的祕書。

那時她同樣剛畢業，同樣年輕貌美。

那時的他，同樣有另一個正宮。

那時她趕跑了他的正宮，成爲了他的正宮。

不知道從何開始，她覺得他跟以前不一樣了，儘管她保養得宜，經過了十年，她的外貌比起當年其實沒有太大變化。

至少乍看之下沒有。

但同樣香氛軟馥的胴體貼上他的身體時，得到的反應遠比當年冷淡；她開口說著同樣柔聲細語的談吐，得到的回應總像是電玩角色台詞般缺乏靈魂；她那些同樣的微笑、媚眼和挑逗，在他眼中，像是不感興趣的玩具般，敷衍打發了事。

是的，玩具。

她這兩年，總覺得自己像是被玩膩了的玩具。

新的玩具，這世上從來不缺。

例如眼前這個新進公司三個月的女祕書就十分新鮮。

「最近公司事情很多。」男人摟了摟李太太的肩，拍拍她的背，對她說：「我得忙晚一點。」

「是呀。」女祕書微笑說：「老闆娘先休息吧。」

「……」李太太依舊面無表情地望著平板電腦上的她——好熟悉的台詞，自己似乎也曾經說過——對那個當年的正宮。

那年那位正宮怎麼反應呢？破口大罵？哭鬧不休？甚至動手砸電腦？那位正宮似乎都曾做過，但最後不但沒有收到效果，反而把局面弄得更糟，令他對正宮更加反感，最後黯然離婚，而她勝出。

「好吧，你早點休息，別太累了。」她優雅起身，攬著男人輕輕一吻，翩然離開。

她不會犯相同的錯誤，十年前她贏，十年後她還要贏。

她返回臥房，關上門，依稀聽見他自書房發出的爽朗笑聲；她上床、側躺，在手機上傳出一則訊息——

「一週了，秋子有空了嗎？我的忍耐接近極限了。」

她立刻收到墨鏡男的回覆。

「秋子應該昨天回來的，但好像出了點狀況，現在還沒有她的消息，我派出其他娃娃去看看情況，有什麼動靜立刻跟李太報告……還是您要其他娃娃，也行……」

李太太感到胸口塞了團難解鬱悶，感到諸事不順，莫可奈何，隨手鍵下——

「我現在把目標的姓名地址跟照片給你，你有適合的就派去吧，重點是要得手。」

「妳放心好了，李太，我會幫妳處理那女人。」

□

深夜，廂型車停在寂靜巷弄裡。

前座兩個青年一語不發，後座墨鏡男望著手機，盯著自己回覆給李太太的訊息數秒，又將視線轉移到身旁座椅上三具古怪人偶身上。

三個人偶一高一矮一胖，高的約莫四十公分，矮的二十公分，胖的三十公分；他們盤腿而坐，雙手各自捧著一只小高粱杯，緩慢喝著杯中深褐色液體。

「乖乖。」墨鏡男伸指在三個小人偶腦袋上摩挲，像是輕撫貓咪一般。「喝完上樓替我找回秋子姊姊。」他一面說，繼續撫摸小人偶腦袋臉頰，揭開窗，瞧著那老公寓——

是史秋新租下的那棟公寓。

三個古怪小人偶像是三隻訓練有素、乖巧聽話的獵犬，喝乾高粱杯中的液體，舔舔嘴唇，用腦袋蹭蹭墨鏡男手掌心，一一攀上墨鏡男大腿、躍出車窗，往史秋那老公寓奔去。

小小的三隻人偶在夜色下不太起眼，很快奔到了老公寓外，揪著外牆有線電視線路往上攀爬，很快爬到王太太家陽台外，俐落穿過鐵窗欄杆、撥開紗窗，溜進屋裡。

時值深夜，王太太和老公已經進入夢鄉，三隻人偶在王太太家潛行尋找秋子，矮人偶跑在前頭探路、高人偶捏著支小笛輕吹、胖人偶不停抖動鼻子，像是獵犬般吸嗅著房中所有氣味。

高人偶手中小笛能夠吹出人耳難以辨識的音頻，那是墨鏡男人偶之間專屬的溝通方式，他吹了數分鐘，依稀聽見回音，他東張西望，聲音似乎是從室外傳入——

矮人偶在廚房裡吹鳴小笛，高人偶和胖人偶立時跟上會合。

三隻人偶來到廚房窗邊，側耳傾聽，發現那應和笛聲是自廚房瓦斯爐旁窗外傳入，高人偶拉開紗窗，探身出去細聽，竟發現笛聲發自低一層樓的廚房。

三人偶攀著管線下樓，只見秋子站在廚房裡，左手抓著一支同樣的小笛，右手揪著一條大抹布，淚眼汪汪地望著窗外——

她本來那身紅色和服，此時竟變成一身女僕裙裝，及肩長髮被紮了個馬尾，還戴著一只小小的貓耳髮箍。

秋子頸子上有條鈴鐺項圈，鎖著一條長長的鐵鍊，鐵鍊另一端繫在廚房門把上，像是被俘擄囚禁一般。

「幹嘛？想偷懶呀，快把廚房給我擦乾淨呀。」

史秋的說話聲自客廳傳出，秋子哀怨地吸吸鼻子，乖乖擦起地板。

三具人偶愕然大驚，揭窗進屋，圍在秋子身旁，嘰嘰喳喳討論半晌，躡手躡腳地來到廚房門口，偷瞧坐在客廳中央持續寫作的史秋。

三具人偶交頭接耳，最後做出結論——高矮人偶去襲擊史秋，胖人偶留下營救秋子。

這頭，胖人偶揪著秋子頸上鎖鍊又啃又咬，怎麼也扯不斷。

那頭，高矮人偶悄悄接近史秋，攀上單人沙發，一個取出長針、一個捏出刀片，往史秋頸動脈探去。

下一刻，長針和刀片在觸及史秋皮肉時，兩具人偶同時感到惶恐不安，雙手一軟，針和刀片同時鬆手落下——

和先前秋子手上那支原子筆一模一樣。

史秋不怕鬼、百鬼不侵。

對鬼物而言，乍看之下平凡無奇的史秋，卻有種難以言喻的神奇力量，不管他醒著睡著、不管在夢裡還是眞實世界，鬼物不但嚇不著他，且無法傷害他分毫。

「哦。」史秋一左一右，捏著高矮兩隻人偶的後頸，將他們提了起來。「你們就是她的同事呀？」

「嘎？」高矮人偶相視一眼，一時搞不懂史秋這麼說是什麼意思。

廚房裡，秋子反手勒住努力替她解開鎖鍊的胖人偶頸子，賞了他一記裸絞，絞得胖人偶兩條小胖腿踢踢蹬蹬，不明白發生了什麼事。

經過史秋幾天拘禁調教，秋子似乎已經習慣一身貓耳女僕新裝，還貢獻了好幾則離奇故事給史秋。

包括幾年前，她被送入一對情侶手中，處理掉一個叫作小明的醜娃娃的事蹟——墨鏡男表面上是一個玩偶批發商，有個長年經營、專售玩偶的拍賣帳號；這是他爲了讓雇主合情合理地透過網路購買殺手娃娃，寄送至目標家中，讓殺手娃娃伺機下手，而想出來的經營方法。

他在販賣殺手娃娃的同時，也任徒弟隨意販賣其他批發娃娃，獲利當成徒弟酬勞，但當時有個徒弟弄錯收件人，將尚未煉成、不受控制的殺手娃娃，寄錯到了普通買家手中。秋子便負責「回收」那個失敗娃娃。以及滅口。

那對可憐的情侶，在那次離奇醜娃娃作亂事件過後沒多久，便被秋子處理掉了。那時他們已經計畫好隔天要遠行旅遊呢。

「我怎麼覺得好像聽過這個故事？妳在幹壞事的時候，被其他鬼看見了，跑來告訴我？」史秋修修改改、拼拼湊湊秋子口述的故事，總覺得少了點什麼，他需要更多靈感、更多刺激。

他聽秋子說她老闆事業做很大，她還有不少同事，便想認識她那些「同事」。

「妳老闆聽起來不像是個好老闆，給你們的員工福利不怎麼樣，不如妳以後跟著我好了。」

史秋每天都這麼遊說秋子。

秋子勒著胖人偶，自廚房走到史秋身邊，想來她已經被史秋成功挖角了——她頸上的項圈只是誘餌，她能夠自由解開。

「啊？」史秋望著三個被秋子壓在地上的人偶，聽著他們委屈求饒。「你說是老闆逼你們來的？他就在我家樓下？」

□

「你好。」史秋敲了敲廂型車車窗。

車窗降下，車內的墨鏡男與史秋對視半晌，像是有些困惑史秋的身分和意圖。「不好意思，你哪位？」

「我是作家。」史秋嘻嘻一笑。「專寫鬼故事的作家。」

「嗯。」墨鏡男又問。「然後呢？你有什麼事？」

「我有很多問題想向你請教。」史秋說：「不知道你現在有沒有空？我想採訪你。」

「我沒空。」墨鏡男按下關窗鍵，車窗緩緩關上。

「是關於秋子，跟那三個小人偶的問題。」史秋這麼說。

車窗又搖下了。

墨鏡男張大口，微微按低墨鏡，露出眼鏡底下那雙猥瑣雙瞳，神情有些震驚。「你知道秋子？」

「她到我家幾天了。」史秋點點頭。「滿有趣的一個女孩子，她跟我說了許多關於你的故事，我想認識老闆你。」

「她到你家幾天？她做了什麼？」墨鏡男愕然問。

「做了挺多事。」史秋說：「洗碗、掃地、擦窗、擦馬桶、收垃圾、搥背、捏腳，還有……說故事給我聽。」

「什麼……」墨鏡男摘下墨鏡，不敢置信地望著史秋，秋子是他所有殺手娃娃裡，服從性最高、手段也最凶狠的幾個娃娃之一，她懂得無數種殺娃娃和殺人的方法；但他卻從來不知道她除了殺娃娃和殺人之外，還懂得洗碗、掃地、擦窗、擦馬桶、收垃圾、搥背、捏腳，還有說故事。

「老闆，你別太驚訝。」史秋說：「我只是和你聊聊，找點靈感，沒別的意思。」

墨鏡男兩枚小得出奇的瞳孔骨碌碌轉著，卻怎麼也瞧不穿眼前這個自稱專寫鬼故事的作家，究竟是何方神聖。

□

經過近兩個小時車程，廂型車停在某縣市山邊林間一處老透天住宅外。

車門拉開，史秋打著哈欠下車，他伸長了雙臂舒伸筋骨，揉著久坐不適的腰。

兩個小時前，他敲了墨鏡男車窗，向墨鏡男提出訪問邀約。

墨鏡男起初不願，但聽他說秋子在他家幫傭，可驚訝至極。在史秋邀請下，墨鏡男來到史秋那空蕩蕩新家繞了繞，捧著身穿貓耳女僕裝的秋子檢查半晌，一時說不出話。

史秋再次提出想要深入訪問他的想法。墨鏡男終於同意，還說可以讓他參觀自己的「人偶之家」，甚至招待他住上十天半個月都不成問題。

史秋受寵若驚，立時整理了簡易行李，帶著筆電和充電插頭，隨墨鏡男下樓上車出發，前往墨鏡男的人偶之家。

墨鏡男領著史秋進屋，只見一樓像是手工工廠般，有幾張工作桌，堆著大批絨毛玩偶、木造人偶、芭比娃娃等各種娃娃玩具。

「玩偶批發，這是我的表面身分。」墨鏡男推了推眼鏡，見史秋搖頭晃腦、心不在焉，便問：「訪問開始了嗎？」

「我有在聽，儘管說。」史秋說：「我比較好奇你是怎麼讓人偶動起來呢？」

「有好幾種方法。」墨鏡男帶著史秋走入房中深處，揭開一扇門，循著門後小梯，走入地下室。「當然是靠養鬼。」

「跟我想的差不多。」史秋說：「是鬼讓這些娃娃動起來，所以娃娃傷害不了我，因爲，我不怕鬼。

「不怕鬼，鬼就傷害不了你？」

「我也不清楚，我只知道我從小到大看過上萬隻鬼，從來沒被嚇到過，也沒被傷害過。」

「這麼有趣。」墨鏡男帶著史秋走進他地下工作室，幾張工作桌上散落著娃娃肢體，隨口解說這些鬼娃娃的製作流程，他背對著史秋，墨鏡底下兩隻猥瑣眼睛閃爍不休，此時他對史秋的興趣，似乎大過史秋對他的興趣了。

「老闆你用來煉這些娃娃的鬼，是哪裡弄來的呢？」

「不一定，墳裡挖的、山上撿的、路上收的，或是娃娃幫我抓回來的。」

「娃娃也會幫你抓鬼？」

「會。」

「眞有趣呀。」史秋走過一座座大櫃、層架，望著一隻隻大小娃娃，這些娃娃和一樓那些裝在箱中、封在袋裡的娃娃不同，每隻透著詭譎氣息。他注意到每隻娃娃身上都有片小標籤，有些繫在胳臂上、有些綁在腳上，或是掛在頸上，那些小標籤上都繪著一個以上的骷髏頭。

「這些骷髏頭是什麼意思？有兩個，也有三個的？」史秋好奇問。

「這些骷髏頭代表娃娃的凶性程度。」墨鏡男得意地說：「像是颱風、地震等級一樣。」

「骷髏頭越多的娃娃，表示越凶？」

「對。」

「那……」史秋回頭，望著被墨鏡男徒弟捧在懷中的秋子，問：「她有幾顆骷髏頭？」

「七顆。」墨鏡男想也不想地答。「是我這層地下室裡，最凶的娃娃了。」

「是嗎？」史秋啊呀一聲。「她是你手下最厲害的娃娃了？我倒覺得她又懂事又可愛呢。」他說到這裡，微微露出失望神情，拍了拍斜背包裡的筆電，低聲自語。「我來取材，是想來瞧瞧更可怕的東西……」

「你想瞧更可怕的東西？」墨鏡男望著史秋。

「你有嗎？」史秋點點頭。「口述的故事也行……」

「我剛剛說，秋子是我這層裡最凶的娃娃——」墨鏡男領著史秋來到另一處小門前，揭開，裡頭又是一條向下長梯。「但是底下還有一層樓。」

「底下還有更凶的？」

「是。」

「比七顆頭還凶，所以是八顆頭？」

「我不知道……」墨鏡男苦笑：「差不多十年前收的鬼，煉了好幾年，還是不聽話，我管不動她，只好把她關在底下……」他邊說，邊從門旁小櫃取出一盞小燈籠、拉開、裝上一條青蠟燭、點燃，遞給史秋，微笑對他說：「你想看可怕的東西，我可以讓你開開眼界。」

「好像很刺激。」史秋有點興奮，隨著墨鏡男下樓。

樓梯底下有道柵欄鐵門，墨鏡男取出鑰匙，揭開鐵門，史秋舉高燈籠，隱約見到前頭是條甬道。

「裡頭還有一道柵欄，你想看的東西，就在裡頭。」墨鏡男指著甬道盡頭。「十年前，有一個女人，向我租借殺人娃娃，去殺一個有錢老闆的老婆，爲的是讓自己變成老闆夫人。」

「然後呢？她成功了？變成老闆夫人了？」

「成功了，當了十年貴婦，滿身名牌首飾，每天悠哉喝下午茶。」

「這跟你想我看的東西有什麼關係？」

「有錢老闆原本的正宮老婆，就在柵欄後面——」墨鏡男陰冷地說：「當年那女人和老闆老婆爭風吃醋時，覺得自己受了屈辱，不想這麼輕易放過她，請我收走那老闆老婆的魂魄，修煉成新的娃娃。」

「媽呀！」史秋忍不住哆嗦起來。「好恐怖，嚇死我了……」

「你不是說你不怕鬼？」墨鏡男問。

「我怕的不是鬼。」史秋顫抖說：「我是怕那個女人，好嚇人的心腸……如果她變成鬼，我可能就不怕了……」

「我都怕。」墨鏡男乾笑兩聲，說：「所以我只能陪你到這裡，你不怕的話，自己去看吧。」

「好。」史秋吆喝一聲，舉著燈籠，走過陰森甬道，來到甬道末端的鐵柵欄前。在燈籠微光照映下，史秋見到柵欄後頭頗爲寬敞，是個大房間。

房中有張木椅，椅上坐著個數十公分高的長髮人偶。

長髮人偶低垂著頭、穿著破爛囚衣、身上捆繞著符籙鐵鍊，還扎著一枚枚生鏽長釘。

「眞誇張，像是被關在地牢裡的絕世高手一樣，眞有那麼厲害嗎？」史秋湊在鐵欄前探頭探腦，突然聽見喀啦兩聲，同時感到手按著的鐵柵欄緩緩動了。

他退開兩步，見眼前柵欄緩緩上升。

他回頭，甬道那頭的柵欄則緩緩落下。

墨鏡男朝他微微一笑、點點頭。「慢慢聊吧。」

「等等、等等！」史秋急急往回走，墨鏡男那頭鐵柵欄完全放下，他望著柵欄後的墨鏡男。「你這什麼意思？」

「你不是想看可怕的東西？」

「你放下鐵門幹嘛？」

「不關門，我怕她跑上樓。」

「這門縫這麼大，她一鑽就鑽出去了。」史秋指著鐵柵欄。

「她鑽不出來。」墨鏡男伸指滑過鐵柵欄欄杆。

史秋也摸了摸欄杆，感到手指滑過一串刻痕，他藉著燈籠火光細看，只見鐵柵欄上刻著密密麻麻的文字，像是經文。

「我覺得自己像是被拐來當飼料一樣。」史秋搖頭抗議。「這讓我覺得有點不舒服。」

「你現在才知道？」墨鏡男揚眉一笑，哈哈上樓。「怎麼會有這麼有趣的人。」

「喂、喂！」史秋見墨鏡男要走，急得大叫。「你要關我多久？我還要交稿耶！」

「放心。」墨鏡男說：「不會太久，她吃東西很快的。」

「什麼……」史秋呆了呆，只聽見甬道那端喀啦幾聲。

那長髮娃娃下椅子了。

「我忙完了，會來收你的魂。」墨鏡男走上樓，緩緩將門關上。

「你想把我也做成娃娃？」史秋問。

「是呀。」墨鏡男的聲音自上方傳來。「你滿有趣的，應該可以煉成很棒的娃娃。」

「變成娃娃之後，還能寫小說嗎？」史秋見自上透下的光線完全消失，整條甬道除了自己手中的燈籠之外，再無其他光源。

他取出手機檢視，在這偏鄉山區的地下室裡，自然沒有訊號。

喀啦啦的鐵鍊拖地聲緩緩逼近。

他轉頭望向漆黑甬道彼端，只見那長髮娃娃一步步朝他走來，緩緩抬頭，一雙血紅眼睛閃閃發光。

「唉。」史秋跨過長髮娃娃，走到甬道末端，進入柵欄後的大房間，見裡頭有床有桌，甚至還有獨立衛浴，模樣竟像是一間主臥房。

史秋聽見身後一陣鐵鍊拖地聲，回頭，長髮娃娃已經撲上他胸口，朝他咧開一張凶猛惡口──

然後被史秋撥開。

「別擋著我視線。」史秋撥開長髮娃娃的頭，彎腰檢視地板──此時令他訝異之處，是這大房間裡，竟有滿地碎紙。

「這什麼紙？信？」史秋單膝蹲著，檢視地板上一片片碎紙屑，只見那些碎紙上寫著字，他困惑望著勒著他頸子嘶啞喘嗚、披頭散髮的恐怖娃娃，問：「有人寫信給妳呀？」

長髮娃娃一雙血紅眼睛透著強烈殺氣，咧著嘴巴湊在史秋頸上猛啃，但不知怎地，就是無法咬傷史秋分毫，乍看之下，反倒像隻初生幼犬，和成犬或是主人玩鬧一般。

「別鬧了，很癢。」史秋推開長髮娃娃，自地上撿起一些較大的碎紙，湊近燈籠細看，再次嚇得顫抖起來，喃喃自語：「媽呀……我沒想錯吧，這些信，是當年小三寄給妳的？」

一張張碎紙破片，都是那女人寄的。

情人節、聖誕節、各種節日、她的生日、他的生日、以及這正宮老婆娃娃的生日和忌日，女人都寄信或是卡片給墨鏡男，要墨鏡男轉交給正宮老婆娃娃。

一張張破碎卡片、信紙上，寫滿女人和大老闆甜蜜生活。

再過不久，老二就要出生了，妳羨慕嗎？對了，我忘記妳生不出孩子。

情人節老公送我一支手錶，比當初送妳的貴一倍。

下個月老公又要帶我去歐洲，今年去三次了，其實有點膩耶。

明天要跟老公出席餐會，該穿什麼好呢？

自然，碎紙上的字支離破碎、缺東少西，但史秋畢竟是作家，憑著隻字片語，推理想像出整段句子，並非難事。

「太可怕了，十年來，那個女人……一直寫這種信氣妳？」史秋顫抖轉頭，望著長髮娃娃，喃喃地說：「我覺得妳好可憐喔……」

長髮娃娃攀在史秋肩頭，和他四目相望，兩隻眼睛的凶紅色漸漸退去，變成黯淡黑色，微微豎起的惡髮也垂了下來，微微顫抖，垂下頭來。

似乎哭了。

□

「師父，他……」兩個徒弟見墨鏡男帶了史秋下樓，自己一人上來，有些不解。

「別理他。」墨鏡男哈哈大笑，從徒弟手中接過秋子，翻看檢視，催促徒弟。「快幫忙起壇，把秋子重新整理整理，李太太等不及了。」

「是……」徒弟立時七手八腳清空一張桌子、擺放法器，布置成祭壇。

墨鏡男將秋子擺在祭壇中央，噫噫呀呀地施法起來，跟著扒光她那貓耳女僕裝，令徒弟取來新的小和服換上。

在一陣一陣作法經文聲中，秋子的雙眼恢復成原先那般冰冷、令人不寒而慄，被史秋胡亂剪短的頭髮，竟長回及肩長度。

她變回原本的秋子了。

幾個徒弟捧來木盒，將秋子裝進木盒，擺上李太太提供的小三照片、蓋上盒蓋、裹上禮物紙、繫上緞帶之後，屋外天色微微翻白。

天亮了。

「我回去睡一會兒，晚點去見李太太，你們給我看好門，別隨便開門，等我回來。」墨鏡男這麼交代徒弟，自個兒捧著秋子上車，令一個徒弟開車載他返家。

□

徒弟們見墨鏡男離開，各自拉了張椅子在地下室小門外歇息。

他們睡了又醒，醒了又睡，中間輪流上廁所、吃飯，整理打掃工作室、餵食娃娃們鮮血、收發信件、處理網拍瑣事……便這麼過了兩天，到了第三天晚上，墨鏡男才再次來到娃娃之家。

墨鏡男臉上掛著做成一筆大生意的喜悅，脅下夾著一只木盒，是秋子的盒子。

他吆喝著徒弟們來到地下室，清空桌子，抱來幾具大小不一的裸身塑膠娃娃，這些塑膠娃娃有個共同點——都沒有眼珠。

墨鏡男揭開木盒，裡頭的秋子披頭散髮，模樣凶惡，雙手各自抓著一顆眼珠，其中一顆眼珠上，還插著一根縫衣針，縫衣針的針尾上繫著一條紅線，紅線吊著一枚指尖大小的骷髏墜飾。

他輪流捧起幾隻塑膠娃娃，選中其中一隻後，將秋子手中兩顆眼珠，裝入娃娃臉上。

跟著，他令徒弟捧來事先備妥的一只酒甕，甕裡放了藥材，他將那塑膠娃娃手腳摘去，捏著毛筆蘸血在娃娃身上寫下符籙之後，放入甕裡、蓋上蓋子、貼上符籙封條，令徒弟捧去桌下供著。

過程中，他不時令徒弟用手機拍照，將整個過程記錄下來，一併傳給李太太，然後撥電話給李太太。

「李太，照片傳過去了，都按照妳的吩咐做了。」

「很好，那賤貨多久會變成娃娃？」

「她的魂魄，三天就能從眼珠轉移到娃娃身體裡，但心智要回復到生前狀態，可能將等幾個禮拜到幾個月不一定。」

「不急，我可以等，等她想起自己幹了什麼好事，再讓她後悔自己幹過的事——跟我搶男人。」

「是。」

「到時候拿去餵那妖怪時，記得拍下來，我想看。」

「是。」

「那秋子挺能幹的，我向你買下來，你幫我保管，以後隨傳隨到；那色鬼身邊的小賤貨我看不只一隻，就當我彌補那老妖怪，以後不會讓她餓著。」李太太這麼說時，笑得花枝招展。

「我新寫給她的信，記得交給她喲。」

「是……」墨鏡男連連點頭，寒暄幾句，掛上電話，從懷中取出一張卡片——十年來，他替「現任李太太」送了無數次信，交給地下二樓裡的「前任李太太」。

如今，他替現任李太太，除去了可能的競爭者，確保了現任李太太的身分，且預防著其他女人，和李太太爭奪「李太太」這頭銜。

他拿著卡片，向徒弟詢問這兩天地下室動靜。

徒弟很乖，沒有亂開門，也沒聽見底下發出什麼怪異聲音。

墨鏡男備妥法器符籙、手電筒和符水後，揭開小門，領著徒弟下樓，才走到一半，就聽到底下傳來零零碎碎的「答答」聲。

像是敲擊鍵盤的聲音。

墨鏡男有些訝異，只見鐵柵欄前，倚著一個身影——是史秋盤腿坐在鐵柵欄旁，背倚柵欄，將筆記型電腦擱在腿間寫作。

「喂，你終於來啦，怎麼那麼慢，真想餓死我嗎？還好我帶了零食跟糖，加上廁所還有水可以用……」史秋轉頭，怨懟地對墨鏡男說：「另外房間插座也能用，讓我可以持續趕稿，不然我一定掐死你……」

史秋抬頭望著走到柵欄前，目瞪口呆的墨鏡男和徒弟們，捧起腿間的筆電，得意地說：「我寫完了，進度還超前，多寫了兩篇半——看在這點份上，我就不計較你囚禁我，快放我出去，讓我交稿！」

「你……你真的沒事？」墨鏡男難以置信地望著史秋，舉著手電筒探照甬道另端，只見那大房門後，隱約癱著一個小小的身影——是那長髮娃娃。

那娃娃長髮披地，一動也不動地伏在門後。

「她怎麼了？」

「好像被我打死了。」

「什麼！」墨鏡男不敢相信自己的耳朵。「你打死她？你怎麼打死她的？」

「她想咬我，我就踹她一腳、揍她幾拳，她就死了。」史秋這麼說：「死兩天了。」

「怎麼……可能……」墨鏡男和徒弟面面相覷，莫可奈何，只好扳動牆上柵欄開關。

先放下大房門前柵欄，將長髮娃娃擋在房中。

再抬高史秋這頭柵欄。

史秋見柵欄終於打開，哎呀呀地將筆電闔上、收進背包，準備要走，卻被兩個徒弟攔下。

「你還想怎樣啦？」史秋不耐煩地瞪著墨鏡男。

「你……你……」墨鏡男一時答不上來，只催促一個徒弟過去瞧瞧長髮娃娃狀況。

「是……」那徒弟左手挺著手電筒、右手舉著法器，戰戰兢兢地走過甬道，來到大房門外鐵柵欄旁，彎腰檢視柵欄內那長髮娃娃，見她一動不動，便將法器穿過柵欄，撥弄她的頭——

娃娃長髮胡亂散開。

「這……這不是……」那徒弟起初見娃娃腦袋在撥動之下，長髮凌亂散開，一下子還搞不清楚狀況，但隨即見到，長髮底下的「腦袋」，並不是腦袋，而是一團濡濕的碎紙團。

娃娃腦袋下的身子，同樣是假的——是原本長髮娃娃那身囚衣，塞入濡濕碎紙、綁上鐵鍊，還扎著一根根長針。

「師父，這東西不是娃娃！」徒弟尖叫。「是假的！」

「假的？什麼意思？」墨鏡男一下子反應不過來。「真的哪兒去啦？」

「真的在這裡。」史秋將背包舉高，舉至墨鏡男面前，背包拉鍊沒拉上，裡頭探出一隻手。

墨鏡男驚愕過頭，沒退沒叫，只是掀高墨鏡。

他清楚見到那背包伸出一隻手後，緊跟著探出一顆頭。

一顆狗啃平頭。

下一刻，他左半邊視線隨著劇痛消失了，那狗啃平頭娃娃自史秋背包，撲上墨鏡男的臉，右手將墨鏡男半邊墨鏡按進左眼窩裡，連同眼球一同掐碎。

「哇塞！」史秋咬牙切齒、緊握雙拳，顯得又興奮又緊張。「太凶殘、太暴力了！」

「呀——」墨鏡男驚駭掙扎，但娃娃雙手像是鐵爪般，掐著墨鏡男臉頰的五指尖甚至嵌進他顴骨裡。

娃娃抓出稀爛眼球，連同墨鏡碎片一同塞入嘴裡嚼。

她身上穿著的是史秋帶來的換洗吊嘎白內衣，腰際紮著一條碎布，猛一看像是穿著一件連身長裙。

她兩隻眼睛，像是兩枚火山口，噴濺著淒厲熔岩。

「哇！」徒弟們見到這囚禁十年的凶猛娃娃開始暴走，嚇得扔下法器快快逃了。

史秋揹上背包，自顧自上樓，他走到樓梯中段，回頭望著那娃娃。

「多謝妳提供我這麼多好故事……以後的事，我管不著啦，交稿皇帝大，我要登基了，後會有期。」

「吼——」娃娃伏在倒地掙扎的墨鏡男胸口上，朝著史秋仰頸咆哮，像是在對他道謝，感謝他提供點子、配合演出，騙過墨鏡男拉開符籙柵欄，讓她離開十年地牢、重獲自由。

墨鏡男奄奄一息，感到娃娃在他身上摸找著什麼，一下子呆滯困惑。

娃娃找出他的手機，遞給他，攀上他頸子，在他耳邊低聲說。

「說……她在哪裡……」

墨鏡男瞬間便明白了，他顫抖求饒：「我……我告訴妳，妳放過我，好不好？都是她……」

「說……」娃娃用尖銳指尖扒抓著墨鏡男的臉，每一扒，都扒下大片皮肉。

「我說！」墨鏡男哀號著，從手機通訊錄中點開一個檔案，上頭有李太太的電話和地址。

「……」墨鏡男望著娃娃——十年前的李太太，嘴巴動了動，像是想問她「可以放了我嗎？」但他還沒開口，咽喉已經被撕爛了。

□

美麗的臥房裡，李太太側躺在柔軟的床上，旁邊空蕩蕩的。

李老闆猶自在書房發呆，一小口一小口地啜飲威士忌，他心情不太好，因爲他的新歡祕書，昨日返家後遭到凶殺，眼睛都給挖去了。

李太太也不打擾他，任由他在書房獨醉，李太太知道，他很快會忘了她，他的一顆心，會回到自己身上的，畢竟自己距離年輕貌美，也沒有那麼遙遠。

倘若他又有了其他新歡呢？

不要緊。

她只要一通電話，就能讓新歡變成餌食。

男人被搶走的滋味眞不好受，但是將搶她男人的婊子宰成像是飼料般的東西，又是十分有趣——這樣的過程，幾乎變成她的一種娛樂了。

她忍不住起身，來到梳妝台前，取出紙筆，寫起信。

她有好多話想說、對那個十年前的李太太說。

「要說什麼呢？」她嘻嘻一笑，打算問問舊李太太，她送去的點心，滋味如何。

她正準備落筆書寫時，突然感到頸子一緊，像是被什麼東西箍住般，她駭然抬頭，望著鏡子——箍住她頸子的，是一束黑髮。

一個小小的娃娃的腦袋，自她背後揚起。

前任李太太，找上現任李太太了。

連之前割去的頭髮都長出來了。

李太太一眼便認出前任李太太那張娃娃臉，畢竟她這十年來，每年總要墨鏡男拍下她收信之後憤怒暴走的凶容，寄回給她瞧著開心。

此時這張怒容，不是在那偏鄉地窖裡。

而是在她這美麗的家裡，在她的背後。

她嚇呆了，想要尖叫，但前任李太太的長髮，剛剛好勒得她叫不出聲，卻又不至於窒息——畢竟窒息對她來說，太沒意思了。

十年，李太太寄了好多信和卡片給前任李太太，對她說了好多好多話。

現在前任李太太，也有好多好多話，要對李太太說。

書房裡的李老闆漸漸醉了，聽不見大宅臥房裡的動靜，兩個李太太可以聊很久很久；爲了讓這場對話聊久一點，前任李太太盡量地克制、盡量地溫柔，她用頭髮將李太太綁縛在椅子上，先甩一團頭髮塞入李太太口中，再甩另一團頭髮捆住她嘴巴，然後撕下她的耳朵，嚼著。

聊天，總要配點小菜。

她們可以聊多久。

就看眼前的小菜能吃多久了。

李太太激烈顫抖、眼淚鼻涕灑了滿面、椅子也給尿濕了，不知道是不是開始後悔，這十年，爲什麼要對眼前的她說那麼多話了。

前任李太太吞下李太太的耳朵，咧嘴笑了，深夜裡前後任李太太的談天說地，正式開始。

方先生故事之四

老婆大人

深夜裡，在這近山運動公園山坡地位置，可以見到底下操場上夜跑的人，也能欣賞天上點點星光和城市樓宇燈火。

方先生帶著方太太坐在坡地隱蔽處，草坡上鋪著一張方毯，方毯周圍微微亮著一圈青光，湊近去看，會發現那圈青光，其實是一整排約莫十公分高、斜斜上揚的「毛線」。

那些毛線形狀猶如一條條蠍尾，末端帶著螫針，一條條蠍尾像是海草般緩緩飄動，一有蟲蟻靠近，那些蠍尾便會甩動鞭打，甚至射出驅蟲汁液，驅趕逼近蚊蟲，猶如一圈守禦堅實的城牆，防守著這一坪大的地毯空間。

在「蠍尾」範圍外，還有方先生攜帶外出的「小侍衛們」來回巡守，包括一批奇異甲蟲、一小隊蜂、幾隻麻雀和一隻白貓。

四周不時有受了燈火吸引，而飛近的飛蛾，不是被地毯鞭尾射出的驅蟲液逼退，就是被甲蟲、蜂群、麻雀驅走。

這些小侍衛加上整圈鞭尾地毯城牆，令這場沐浴在山林中的宵夜野餐，完全不受蚊蟲侵擾。

方先生盤腿坐地，滑看手機，他忙了一整天，直到這時才有時間看看新聞——某對李姓富商夫妻離奇身故，富商死因是驚嚇過度心臟麻痺，富商妻子彷如身受酷刑、死狀極慘。

離奇的是，在前兩日，那富商偷情祕書也慘死家中。

方先生對這慘案倒一點也不感到稀奇，畢竟這世上稀奇古怪的事情太多了——他自己和他的妻子，在旁人眼中，就是極其古怪的一對夫妻。

早在十年前就因病身故的方太太，此時依偎在方先生身旁，看著星星逗逗貓，不時哼點音樂。

和數年前相比，現在的方太太，肌膚柔嫩雪白，不論是視覺還是觸感，都與常人無異，身上除了透著淡淡的藥草味，以及尚無法流利說話，只能講些簡單詞彙和曲調外，活脫脫就是個活人。

經過方先生數年悉心調理照顧，現在的方太太，不必再躲在和室架高底座下躲避暑氣度日，可以和正常人一樣窩在家中生活、看電視、聽音樂、沐浴、進食，甚至享受夫妻閨房情事。

不過日曬倒是會對方太太的皮膚造成一定損傷，因此這兩年方太太能夠長時間離開和室底座、正常生活後，方先生時常在深夜帶她出外野餐，讓她和過去一樣，享受最喜歡的大自然的寧靜和藹。

「時間不早了，回去休息吧。」方先生伸了個懶腰，接近午夜一點，操場上依舊有夜跑者努力地繞著圈圈。

□

方先生家距離那運動公園有一段距離，他駕車、方太太坐在副駕駛座，腿上放著一只手提收納箱。

裡頭裝著一隻死去的甲蟲、一隻被蛛絲捆縛的死蝴蝶，和一隻奄奄一息的鳥——全是他們下山時沿路撿拾的。

方先生爲了讓死去的妻子死而復生，鑽研黑魔法多年，起初用蟲鳥動物練習；他習慣撿拾蟲鳥屍體，甚至是被車撞死的貓狗蛇鼠，帶回家施術實驗。

多年下來，他「救活」無數昆蟲動物，將之豢養在家中各處角落；這些死而復生的小生物們，除了作爲方先生長期觀察實驗的對象之外，也肩負著護衛方先生住家和兩人起居安全，甚至是寵物玩伴。

白貓此時以不可思議的流體姿勢，環繞在方太太肩頸上，像是一條圍巾，不時用腦袋蹭蹭方太太雪白臉蛋，舒服睡著。

「嗯？」方先生注意到前方那輛廂型車行進方式有些古怪——不僅慢，且他靠左，廂型車就靠左；他往右，廂型車就往右。

廂型車突然急煞，迫使他也跟著煞車。

方先生握著方向盤，思索著剛剛一路上有無得罪其他車輛——並沒有。

此時街道上車流不多，他一路開來，與鄰近車輛都維持著一段距離，他不記得這輛廂型車是什麼時候出現在他車旁，然後超過他，然後開始惡作劇似地左右減速擋他。

想製造假車禍？想要錢？方先生腦袋才剛閃過這個可能性，突然感到後視鏡閃起一陣刺眼光芒，後方一輛黑車離他極近，且閃起遠光燈。

黑車繞到方先生汽車左側，與他並行，連同前方廂型車一同減速，將他攔停在路邊。

他降下車窗，手按方向盤，望著自兩輛車裡下來走近他駕駛座的幾名男人。

他不認識他們，但察覺得到幾人臉上都帶著不善神色。

「怎麼了嗎？」方先生問：「我不記得剛剛路上有得罪過幾位大哥們呀。」

「下車聊。」帶頭一個花襯衫男人湊近窗微笑說。

方太太本來面無表情看著窗外，那男人一湊近車窗，方太太便瞇起眼睛，鼻翼上唇微微咧起，像是獵犬般發出警戒低吼。

「別怕……」方先生輕輕拍了拍方太太的手，回頭對那男人說：「你嚇著我太太了，你有什麼事？」

「我們老闆想和你聊聊。」花襯衫男人這麼說。

「不好意思，我沒興趣。」方先生這麼說，按下關窗鈕，像是想結束對話。

花襯衫男人將一截東西卡進車窗，阻止車窗關上，是甩棍。

方太太露出猛獸狩獵的神情，探身至駕駛座，朝著窗外男人發出咕嚕嚕的獸鳴聲。方先生輕摟著她，拍撫她胸口，冷冷地對男人說：「我勸你還是不要惹事，這是爲了你好。」

「因爲你太太會吃人，對吧。」花襯衫男人微笑說。「她是活死人。」

方先生呆了呆，像是沒有料到車外男人，會這麼突然說出他和太太的祕密。

就在他尚未反應過來時，花襯衫男人從窗縫塞了個東西進車裡——

那東西噴出黃煙，像是煙霧彈，又像是水煙殺蟲劑，車內轉眼黃沉迷濛一片。

方先生急忙開門，但花襯衫男人和兩個嘍囉卻出力抵著兩側車門，不讓方先生逃出車外。

砰砰幾聲，擋風玻璃爆裂，方太太上半身探出駕駛座，此時的她，臉上花花亂亂、五顏六色，神情彷如厲鬼，向外爬了爬，身子漸漸疲軟，暈死在引擎蓋上。

花襯衫男人一聲吆喝，幾個男人立時上前，將方太太拖出車外，五花大綁。

方先生終於撞開車門，滾出駕駛座，掙扎站起要找太太，卻被花襯衫男人一甩棍打在後腦上，暈死倒地。

□

喀啦啦的金屬聲響迴盪在四周，方先生睜開眼睛，掙動兩下，發現自己坐在一張鐵椅上，雙手雙腳被手銬銬在椅臂和椅腳。

他被帶到一處鐵皮工寮，窗外是荒郊野外。

他的雙肩和後背扎著幾根長針，長針繫著電線，連接著一旁金屬推車上的一具儀器，推車旁一個嘍囉，見方先生醒了，惡作劇般地旋轉推車儀器上的旋鈕。

方先生身子跳蝦般顫動起來，推車上的儀器是具電擊裝置。

「嘎——」

方太太的悲鳴聲自方先生對面發出，她同樣坐在一張鐵椅上，雙手雙腳同樣被手銬銬著。花襯衫男人捏著罐啤酒，領著幾個手下，圍在方太太左右，不懷好意地打量他夫妻倆。

此時方太太的面容已不如剛剛猙獰，但雪白臉上仍爬著淡青色的筋脈，兩隻眼睛慌張關切地望著方先生，咕嚕嚕地低鳴著，像是心疼丈夫受苦。

方先生喘著氣，那嘍囉將電壓轉小了，卻沒完全關閉，持續不大不小的電流，電得方先生連連發顫，半點力氣也使不上來，他覺得身上捱針處時而冰冷、時而滾燙，顯然除了電擊設備之外，還動了其他手腳，他撇了撇頭，見到插在左右肩頭長針的外型有些熟悉，他平時也用類似的長針——這是他同門黑魔法的施法道具。

這果然不是尋常的行車糾紛，而是有預謀的擄人計畫。

「你們……到底想幹嘛？」方先生恨恨地瞧著花襯衫男人。

「沒什麼。」花襯衫男人對方先生揚了揚手上啤酒，喝了一口，看看手錶，說：「時間不早了，兄弟們都想收工回家睡覺，我長話短說，我家老闆得了癌症，末期，所以想請你幫幫忙。」

「你老闆……請人幫忙的方法這麼粗魯？」方先生冷笑說。

「人家有錢嘛。」花襯衫男人攤手笑了笑。「有錢做事粗魯一點，也很正常嘛……」

「你想我怎麼幫？」方先生說：「我不會替人治病……」

「但是你可以讓死人復活。」花襯衫男人繞到方先生背後，指了指方太太。

「她沒有復活，她只是……」方先生說到這裡，被花襯衫男人拍臉打斷他的話。

花襯衫男人說：「她會吃會走，看起來跟活人一樣，就是復活啦。」

「然後呢？」

「然後、然後……」花襯衫男人按著方先生肩頭，皺眉思索，經身旁小弟提醒，總算想起自己要問的話。「我要知道『第三階段』的祕密。」

方先生吸了口氣，有些驚訝花襯衫男人會說出「第三階段」這個詞。

方先生為了讓病逝妻子「復活」，鑽研黑魔法多年，修習一種能讓死屍復生的神祕法術，那法術第一階段，能讓死屍不僵不腐、睜眼張口、彷如未死；第二階段，死人能走動、能進食，但樣貌可怕嚇人，且極畏熱畏光，必須住在陰寒空間，便如同幾年前藏在和室底座的方太太那般；第三階段，死者身體更加鮮活，身上不帶屍味，皮肉外觀都與眞人無異，只是心智尚不靈活。

而一直到第四階段，死者心智恢復成過往，和眞人幾無分別。

方先生花了許多年的時間，總算讓方太太跨過第二階段，進入第三階段。

「你老闆想把自己煉成活屍？」方先生冷笑。「這是我聽過最好笑的笑話，他不先治病？」

「少囉嗦，我只是拿錢辦事，誰管他要治病還是要當活屍。」花襯衫男人說：「上頭要我向你問出從第二階段跳到第三階段的方法。」

「我告訴你，你就會了嗎？」方先生冷冷反問。「你以爲這件事這麼簡單？」

「我說過了。」花襯衫男人邊喝啤酒，走到方太太面前，先揉了她胸部兩把，跟著揪起她一頭長髮，左右搖晃，對著方先生說：「我的任務只是問出方法，另外有人負責怎麼做，你別浪費大家時間——當然，你堅持不說，我只好把你太太送給負責這件事的傢伙，讓他自己慢慢研究啦。」

「造血……」方先生見花襯衫男人轉去威嚇妻子，想也不想就說：「第三階段，需要讓身體能夠自行造血，我花了很長時間，才學會怎麼讓我老婆身體自行造血。」

「怎麼造呢？」花襯衫男人向手下使了個眼色，手下立時取出相機，對著方先生攝影。

「首先，需要一塊肝臟，腎臟也行。」方先生緩緩地述說他是如何讓方太太的身體，學會造血功能——

他花了半年時間調理自己肉體，取出一部分肝臟，花了半年時間施術培養，再植入妻子體內；他那經過培養的肝臟在黑魔法修煉下，成功在妻子體內成長茁壯，開工製造活血，經過一年調理，方太太身體臟器逐漸鮮活，骨髓接續肝臟穩定造血，氣色漸漸接近活人，正式進入第三階段。

「肝臟是吧。」花襯衫男人喝乾啤酒，抛下空罐，朝幾個嘍囉使了個眼色，從褲袋裡取出一副絕緣手套戴上。

幾個嘍囉也立時戴上絕緣手套，上前左右按住方先生肩頭、胳臂，還扯開他襯衫、拉高他內衣。

花襯衫男人抽出一柄鋒銳主廚刀，上前往方先生腹部豎割一刀，令嘍囉將方先生腹部裂口左右拉開。

「唔！」方先生咬牙瞪眼，只見花襯衫男人低著頭、哼著曲，持著主廚刀在他腹間切割掏挖一陣，捧出一塊血淋淋的碩大臟器——那是他的肝臟。

「巫師還說要挖什麼？」花襯衫男人將方先生的肝臟，放入嘍囉捧來的保鮮盒中。

「還有腎臟。」嘍囉說：「巫師說脾臟也可以煉血。」

「腎臟？」花襯衫男人在方先生腹間埋首尋找脾臟，摸來找去也不確定哪塊是脾臟，索性摸著什麼割什麼。

「老、公……」方太太發出沙啞哭聲。

「……」方先生咬緊牙關、僵緊脖子，睜大眼睛望著這廢棄廠房天花板，強忍著腹腔劇痛和一陣陣電擊刺激。

「這是胃、這是腸，對吧……」花襯衫男人腳邊堆滿好幾只保鮮盒。「巫師有說要心臟嗎？啊沒差，就當給他加菜……肺應該不用了吧。」他將方先生那顆猶自撲通跳個不停的心臟割出，放入保鮮盒後，將主廚刀和手套摘下，放進嘍囉提的大垃圾袋裡，跟著脫衣脫褲，換上嘍囉遞來的新衣，坐上黑車後座，一面撥打電話，一面望著嘍囉們七手八腳將方太太連人帶椅塞上廂型車，再將裝有方先生臟器的保鮮盒也帶上車。

「噫、噫噫——」方太太奮力掙扎，臉上被嘍囉噴了幾陣黃色噴霧，連連哀號、全身癱軟，再也無力反抗。

「老闆，都處理好了，那傢伙講的方法，跟巫師講的差不多，該摘的東西都摘了，現在一起帶去公司。」花襯衫男人掛上電話，對兩個正將方先生身上一枚枚電擊長針取下的嘍囉說：「我先回公司，你們處理乾淨。」

去。

「是。」「老大你放心，交給我們就行了。」兩個嘍囉朝花襯衫男人一鞠躬，目送兩車離去。

他倆解開方先生四肢手銬，將方先生抬出工寮，扔進事先挖好的洞裡，再將積土填入洞裡、用腳踏實。

「然後呢？撒雄黃？」

「等等！巫師是不是說雄黃要先撒在身上，然後才埋土？」兩個嘍囉提起坑旁一大袋雄黃粉，想起自己好像搞錯了埋屍順序，有些猶豫。

「有嗎？要先撒雄黃嗎？」

「我記得有。」

「那現在怎麼辦？把土重新挖開？」

「那也太麻煩……」

「是呀……」

「撒在土上，尿泡尿把雄黃沖進土裡也是一樣。」

「也好。」

兩人將那袋雄黃，撒在埋葬方先生的土坑上，拉開褲子尿了兩泡尿，收拾工具，騎上事先備妥的機車離去。

深夜，山風冷洌。

一個小小的身影來到土坑旁，在月光照映下，那小小的身影彷如一團白雪——小白貓咪咪。

咪咪在土上聞嗅一陣、咪喵幾聲，開始伸爪扒土。

□

漆黑的客廳喀啦一聲，門開了。

方先生狼狽倒入屋內，本來身白似雪的小咪此時黃褐一片，用腦袋將門頂上，又蹭了蹭方先生的臉。

「幫我……」方先生抬起頭，掙扎扒動，口裡喃唸咒語。

他整個家發出窸窸窣窣的聲響，沙發和櫥櫃下、一格格書櫃格櫃、書桌、床下爬出一隻隻昆蟲和蛇鼠小鳥。

咪咪站在方先生身旁，兩隻前爪血肉模糊，牠扒了一整夜土，才挖著方先生後背。

被扒空內臟的方先生並沒有斷氣，而是在咪咪聲聲叫喚下，重新睜開眼睛，站起身來，用工寮裡的破布裹住剖腹上身，狼狽步行返家。

方先生趴伏在地上，持續不停唸咒，對房裡一批批湧出的蟲鳥下達指令。

「幫我、幫我……」方先生吃力呢喃下令，一隊隊蟲鳥領了命令後分頭行動，從書房合力搬出各種瓶瓶罐罐，堆聚在方先生面前，一隻大鳥啣開瓶罐蓋子，依照方先生囑咐，啄出各種古怪藥物、漿汁，像是餵食雛鳥般，啄去方先生嘴邊讓他舔食。

「你們……媽媽被抓走了，快點治好我……」方先生雙眼閃現著一陣陣青光，青光裡透射出前所未有的怒氣。「我們一起救出她……」

咪咪從冰箱深處，翻出幾只保鮮盒，叼到方先生身旁。

方先生翻了個身，讓腹部裂口朝上；咪咪扒開盒蓋，叼出一塊塊碎爛或是完整肉塊，讓方先生捏在手上揉成一團團肉團，往肚子裡塞。

「大家動作快……」方先生呢喃說：「他們應該會找來我家，我們不能逗留太久……」

□

花襯衫男人雙頰有些紅腫發脹，領著十來個嘍囉，模樣凶狠地上樓。

嘍囉裡有兩個傢伙更是鼻青臉腫。

這兩個傢伙前晚沒有乖乖按照老闆聘僱的巫師吩咐，將方先生身體大卸八塊、裝入麻布袋、灌滿雄黃後埋入土裡，而是直接拋入土坑中塡土掩埋——他們本來以爲便宜行事沒什麼大不了，偏偏回去得早被夥伴多問兩句說溜了嘴，話傳進巫師耳裡，巫師嚴詞厲色地要花襯衫男人帶著手下回去按他先前吩咐收尾，花襯衫男人心不甘情不願地領人返回那工寮，卻已找不著方先生，工寮外只剩一個空土坑。

花襯衫男人被老闆祕書連搧十幾個巴掌，回頭又將兩個偷懶小弟狠狠修理一頓，這才滿肚子怨氣地趕往方先生家中，要揪出方先生。

他領著小弟浩浩蕩蕩上樓，在一戶門前停下，回頭看了一眼。

一個嘍囉立時上前，從隨身包包中取出開鎖器具，不到三分鐘便俐落開了鎖。

花襯衫男人推門進屋，按開電燈，領著小弟四處搜人。

方先生似乎不在家。

他不死心，指揮小弟搜索方先生家每一個看起來或許能夠藏人的空間，包括那過去作爲方太太窩身的和室架高底座，什麼也沒找著。

他越搜越是惱火，只覺得小弟們的吵雜碎嘴、粗魯動作令他焦躁難耐——這屋子裡的一切，包括布置格局、裝潢擺飾，都讓他心煩氣悶到了極點。

尤其是氣味——那淡淡的古怪藥草氣息，從他剛進屋就聞到了，起初他不以爲意，但現在他快被這味道逼瘋了。

嚓一聲，電視機亮起。

方先生冷峻蒼白的臉映在電視畫面上，吸引了所有人的注意。

□

方太太全身赤裸，手腳頸子都鎖著粗實鐐銬，被囚在一個特製牢籠裡。

牢籠外幾張工作桌上擺著各式各樣的先進醫療、實驗儀器，同時也突兀地堆放了五花八門的巫術法器和古怪藥草、蟲屍。

在這布置得彷如生科實驗室般的空間角落，聚著一群人。

人群中央有個護理人員，推著那坐輪椅的癌末大老闆。

輪椅前站著一個身材瘦長的怪異男人，男人一身奇異灰袍，兩手戴滿古怪手鍊。

男人是巫師，工作是替眼前這癌症末期的建設公司大老闆延生續命。

圍在大老闆和巫師身旁的幾個男人，則是與大老闆長期合作的地方角頭，此時各自帶著二、三十名嘍囉，齊聚在這建設公司，共同保護大老闆人身安全，同時與大老闆專屬私人醫護團隊，一同協助巫師研究那讓死者復生的奇異黑魔法。

但此時巫師對聚集在這建設公司裡的幾路人馬，似乎不甚滿意。

「你說這樣……還不夠？」癌末大老闆困惑望著巫師。

「不夠。」巫師搖搖頭。

「一百人留守、一百人輪班……你說不夠？」大老闆不可置信地又問一遍。

「最好加倍。」巫師回答：「或者把輪班的一百個打手，調進大樓裡待命……更重要的是，請全副武裝。」

「開什麼玩笑，全副武裝？你當這裡是哪裡？」大老闆隨身男祕書扠著手，瞪大眼睛。

「我找你來替我們老闆治病，不是請你來打仗的。」

「如果你底下的人辦事穩當。」巫師淡淡說：「我也不想和他打仗。」

「那個傢伙，就是她老公……」大老闆望著囚籠裡的方太太，喃喃地說。「真那麼難纏？」

「對。」巫師說：「他是我同門師弟，他和我差不多時間拜進老師門下，學習黑魔法。」

「他比你更厲害？」大老闆問。

「是，他是天才。」巫師點點頭。

祕書哼了一聲。「那我請你幹嘛？早知道請他了……」

「請他割自己和太太的肝臟，來培養新的肝臟好幫助你們老闆？」巫師冷笑幾聲，望著大老闆，說：「你請的祕書挺精明的。」

那祕書聽巫師語帶諷刺，臉色一變正要回嘴，卻被大老闆制止。「你吵什麼吵？總之現在請了巫師先生，就全力配合人家吧，他說人不夠，你就再多找點……」

「是……」祕書點點頭，轉身打電話。

「我也還有些人，我去找來……」「我也來……」幾個角頭也分別撥打電話調人，也有些角頭對那巫師的話感到有些懷疑，調人之餘，也低聲嘀咕。「一個怪胎，需要請幾百人對付？」

刺耳的警報聲尖銳響起。

兩三人慌忙推門闖入這位於建設公司高樓，被改造成研究方太太的實驗室裡，朝著大老闆這頭喊：「老闆，底下出事了！」「有人闖進來了！」

「他來了。」巫師眼睛閃閃發亮。

「就是那個傢伙？」幾個角頭慌慌張張地撥打手機，讓布署在整棟建設公司大樓裡的嘍囉們打起精神。

祕書高聲吆喝，指揮著眾角頭。「我剛剛把那傢伙的照片傳給你們了對吧，快轉發給手下，把他揪出來！」

「不是、不是！」自外闖入的員工，急忙奔到祕書面前，舉著平板電腦，展示著幾處監視畫面——

本來領命去逮方先生的花襯衫男人，不知什麼緣故，領著十幾個手下，持著刀械棍棒，分頭殺進建設公司大樓，一路往上，見人就打。

「什麼？這小子造反了？」祕書愕然，立時對幾個角頭下令。「快去處理他！」

□

花襯衫男人雙眼通紅，只覺得腦中有股難以形容的急迫感，驅使他來到這裡，要他救出一個人。

似乎是一個女人。

「她是誰？她是誰？」花襯衫男人舉著開山刀，劈倒兩個前來攔阻的警衛，踹飛一個加班到深夜的員工，從大門一路砍到消防通道，循著樓梯往上，還不時對隨行手下大聲吆喝下令。「動作快，把媽媽找出來——」他大吼完，突然愣了愣。「媽媽？誰是媽媽？我到底在幹嘛？我爲什麼……啊！爲什麼我頭這麼痛？」

「媽媽、媽媽！」花襯衫男人嘍囉們一個個舉著棍棒、刀械，四處搜索「媽媽」。

另一支角頭人馬匆匆趕下，在消防通道裡與花襯衫男人狹路相逢。

「媽媽在哪？你們把媽媽藏在哪？」

「什麼媽媽？你們在幹嘛？哇！你們瘋啦？」

兩邊人數相近，隨身武器也相近，但一邊瘋狂衝殺，一邊還搞不清楚狀況，短兵相接不到一分鐘，下樓攔人的角頭人馬，便給殺倒一片。

接下來十分鐘，又來三路角頭人馬，共數十人，全讓殺紅眼的花襯衫男人這隊人砍倒。整條消防通道鮮血淋漓，哀聲遍地。

再次攔下他們的，是位在十樓消防梯間，兩個怪模怪樣的傢伙。

兩個傢伙一男一女，都穿著破爛白衣，模樣彷如活屍——花襯衫男人其實看過這樣的傢伙，他們是巫師帶入建設公司，讓大老闆過目的「展示品」。

這兩個「展示品」，尚處於「第二階段」。

方太太則屬於「第三階段」。

大老闆想請巫師將癌末的自己修煉成「第四階段」，以求長生不老。

巫師說自己雖然對整個修煉過程略知一二，但一來他尚未突破第二階段某些研究關卡，二來從第二階段進展到第三階段，需要長時間修煉，大老闆的身體可等不了——不過有個速成的方法，就是找出方先生、方太太，先從方先生口中拷問出更詳細的修煉細節，助巫師突破研究關卡，再直接用他們夫妻倆的內臟、血肉加工煉製適合大老闆身體的造血臟器，加快整個過程。

於是大老闆一聲令下，招募過往合作角頭，指派花襯衫男人出馬擄人，成功錄得方先生口述修煉過程，也擄得方太太肉身，卻在收尾階段出了紕漏，讓方先生活著逃出，且回頭找上門了——

□

「嘎——」

「媽媽！媽媽！」

頂樓臨時實驗室裡，祕書持著平板電腦，目瞪口呆地望著十樓消防梯間，兩個第二階段的「展示品」，和花襯衫男人殺成一片的慘狀。

展示品凶猛如同活屍，花襯衫男人和手下們，卻也不遑多讓，像是打了禁藥的凶猛士兵，被展示品抓咬得皮開肉綻、斷手折腳，也毫無畏懼，一刀一棒將兩具展示品砍殺倒地，削斷手腳筋、砸碎膝蓋骨。

又一路角頭人馬殺下，看見這恐怖場面，嚇得打都不敢打，遠遠便繞路逃了。

「這是寄生蠱術。」巫師也望著監視畫面，說。「他們大概都被寄生蟲鑽進腦袋裡了吧……」

「寄生……蟲？」祕書愕然不解。「你……你不是學黑魔法？怎麼又是蠱術、又是寄生蟲……」

「黑魔法只是個統稱。」巫師說：「蠱術、降頭，都是黑魔法的一種，西方的、東方的，寄生蟲也是蠱術的一種，那傢伙爲了救他老婆，什麼都學，還都學得不錯。」

「那……」祕書急問。「現在怎麼辦？怎麼擋下他？」

巫師沒有回答，默默取出手機，對大樓內徒弟下令。「把展示品全放出來，把人搜出來。」

「哇——」近窗處一個嘍囉尖聲高呼起來，喊得眾人一齊回頭。

方先生蜘蛛般趴在高樓窗外，臉面貼在窗上，瞪大眼睛瞅著被囚在鐵籠中的方太太。

他一身寬大風衣，雙手胳臂、頭臉脖頸、襯衫領口和鈕釦縫隙、褲管，都伸出狀如蛞蝓的軟黏條狀物，牢牢黏著窗戶玻璃。

方先生舉起右拳擊打玻璃，他右手指節開始變形，生出有如藤壺般的甲殼構造。

他在家中放置了數個能夠釋放寄生蟲卵的蒸氣瓶子，花襯衫男人帶著嘍囉進屋，吸入那些飄著蠱咒蟲卵的水煙蒸氣，心智受方先生控制，回頭上建設公司救援方太太，等同替方先生帶路，同時替他吸引守衛注意，讓方先生得以用這些怪異蛞蝓一路爬上高樓尋找妻子。

「你把寄生蟲蟲，放在自己身體裡？」巫師望著窗外面容猙獰的方先生，心中微微有些懼意。「你不要命了？」

「我的命呀……」方先生在窗外，照理說聽不見巫師的呢喃自語，但他似乎猜得到巫師說些什麼，咧開嘴巴冷笑說：「已經送給她了……」

他一面笑，一面揮拳擊窗，力道之大，使他指節都骨折變形了。

磅唧一聲，強化玻璃被擊出一圈小裂痕，方先生沒有繼續擊窗，只將拳頭抵在那小裂痕上——他指節上那些藤壺厚甲裂縫下，伸出一條條尖細奇異觸角，鑽入裂痕，使裂痕不停擴大。

「撤進備用房間。」巫師這麼說，俐落地調和起蠱藥。

「快！保護老闆……」祕書推著大老闆，一面下令。「把女人帶走！」

幾個嘍囉手忙腳亂地揭開鐵籠，持著雄黃噴霧往方太太臉上噴，挺起一支支長柄捕獸桿，圈住方太太手腳脖頸，將她押出囚籠、推往外頭。

方太太掙扎嘶吼，但她被噴了滿臉巫師調配的雄黃藥水，全身虛脫無力，難以抵抗。

「唔！」方先生趴在窗外，見妻子被押走，咬牙切齒、青筋畢露，拳頭猛地一抽——他拳上藤壺伸出的奇異觸角本來鑽入玻璃裂縫，經他猛力一扯，將玻璃裂縫扯出一塊拳頭大小的破洞。

磅唧，他高高揚起的右拳再次打向那破口，一拳擊穿強化玻璃，整條前臂都打進窗裡——

被走近窗前的巫師一把握住手腕，手起刀落，斬下他右手掌。

「老……公！」方太太被推出門前，見到方先生手腕被斬落，激烈尖叫掙扎，又被噴了滿臉雄黃，還被幾個嘍囉持著古怪鞭子一陣狠抽——鞭子上帶著巫術，在方太太身上抽出一條條焦痕。

「吼——」方先生一聲咆哮，手腕斷處竄出十數條怪異蛞蝓，牢牢捲住巫師胳臂。

巫師幾刀斬斷蛞蝓，幾步退遠，但黏在他胳臂上的蛞蝓斷體，像是熔岩般亮起，轉眼燒透巫師袖子、燒蝕他皮肉。

「喝！」巫師駭然退到工作桌前，從一只只瓷碗裡抓取藥材，往那些蛞蝓斷體上抹，費了好半晌勁，才將整條胳臂上的炙熱蛞蝓盡數殺死驅盡。

那頭，方先生已經扯裂強化玻璃，落進臨時實驗室裡。

趕來支援的打手嘍囉們越過工作桌，舉著刀棍一擁而上，照著方先生一陣亂斬，然後哀號退開——他們的臉上、身上都給濺著那些蛞蝓碎體，像是被岩漿燙著般，哀號退遠。

巫師早一步退出實驗室，與前來會合的弟子們，指揮著幾具「展示品」，在大老闆撤退路線上斷後。

嘍囉們屁滾尿流地逃出臨時實驗室，方先生彎弓著腰隨後走出，一步步追擊巫師等人。

嘍囉們見方先生此時模樣凶狠得不像是人，紛紛怯戰後退，被一個壓陣角頭持著球棒教訓亂打，四散逃開，那角頭或許想藉這機會一舉提升自己在大老闆心中地位，舉著金屬球棒上前重重往方先生腦門上砸。

磅啷好響一聲，球棒擊凹了方先生腦門，但方先生卻沒倒，而是一把搶下球棒。

他左手袖口爬出一條條炙熱小蛞蝓，冒著焦煙爬上球棒。

那角頭望著方先生腦門凹陷，一時看得呆了，反應不過來，被方先生一球棒砸在肩上，登時倒地哀號——他肩上沾著幾條亮紅蛞蝓，衣服轉眼被燒出火，他在地上打滾滅火，被方先生踩過胸口，上半身又被淋了一身蛞蝓，整個人燒成一團火球。

方先生也沒多理那角頭，拖著球棒，加快腳步去追大老闆，沿路嚇跑一堆攔路嘍囉。

兩個巫師弟子，驅趕兩具展示品來攔阻方先生，被方先生持著蛞蝓球棒打成火球。

兩具展示品抱著方先生胳臂胡亂啃咬，咬下一塊塊肉往肚子裡吞，連帶也吞下不少熔岩蛞蝓，咽喉到胃袋被燒透也不放手。

巫師抓著藥草，搗著被燒壞筋骨的左臂，只見方先生越追越急，口沫橫飛地指揮弟子們取出各種道具、符籙、法器上前攔阻方先生。

方先生遠遠望見巫師退入那備用庫房，齜牙咧嘴地搥倒兩具抱著他不放的展示品，上前和幾個巫師弟子亂鬥起來。

他臉上被噴了大量雄黃藥液，立時吞下幾枚古怪丸子。

他肚子被砍一刀，本來臨時縫合的傷口再次迸開，臨時造成的臟器漏了出來；下一刻，更多蛞蝓自他皮膚毛孔鑽出，一圈圈裹住他負傷腹部，不讓臟器流出更多。

一具展示品自廊道隱密處撲出來咬他脖子，被他扭倒在地，回咬一口，咬斷了咽喉。

他抬起頭，緩緩嚼著展示品枯老的咽喉肉，一手掐著一個巫師弟子脖子，朝那弟子臉上吐出口中碎肉和碎爛蛞蝓。

「哇——」那弟子臉上起火，哀號打滾。

方先生蹣跚走入備用庫房。

庫房深處，是大老闆、祕書、方太太，以及押解方太太的角頭和嘍囉們。

巫師與最後幾名弟子站在庫房中央，牽著一個裹著紅布的人形物體，從那人形物的身材曲線來看，紅布裡頭，似乎裹著一個女人。

方先生喘著氣，一步步向前；巫師與幾個弟子緩緩後退，且紛紛揭開隨身水瓶往頭上淋。

幾名弟子退到大老闆身邊，從斜背包裡取出更多水瓶，遞給祕書、角頭、嘍囉們，示意他們照著用瓶中液體往身上倒。

「這是什麼？」那祕書接過瓶子，有些猶豫。

「是雄黃酒……」巫師急急催促：「快點，把身體淋上雄黃酒，不然血屍會盯上你！」

眾人聽巫師這麼說，同時見到前方人形物身上紅布縫隙滲出絲絲長髮、紅布發出崩裂聲響，立時有樣學樣，將瓶中雄黃酒往自己身上淋。

「老闆，不好意思……」祕書抓著兩瓶雄黃酒，將自己和大老闆都淋了滿身酒。

紅布人形身上的紅布逐漸崩裂，黑髮散開，裡頭是具裸體女屍，女屍渾身體膚是鮮紅色，一雙眼瞳卻和雪一樣白。

「不是人也不是鬼……」方先生左手托著少了手掌的右臂，盯著那「紅屍」，一步一步往方太太走。

倏倏——庫房高處也埋伏著巫師弟子，遠遠舉著十字弓朝方先生射，兩支箭射在方先生身上，一支箭射在方先生腿上。

三支箭的箭身上刻有符籙，一射上方先生身，遠處巫師立時唸咒施法，箭身上冒出陣陣黑煙。

方先生感到中箭處發出劇痛，同時見到紅屍瞅著他，露出了怒容。

「別說話、別發出聲音、別大喘氣……」巫師弟子低聲叮囑大老闆、祕書和角頭、嘍囉們。「免得被紅屍盯上。」

「你這東西……煉了多久？」方先生見到紅屍晃動腦袋，伏低身子像隻凶獸般死盯著他，似是將他當成了獵物，呼了口氣，左手伸進口袋裡掏抓。「挺凶的。」

「七年兩個月。」巫師緩緩回答。「我不像你，有本事將太太煉得這麼美，不管我怎麼煉，我太太只越來越凶，不會變美。」

「什麼，你說她……」祕書、大老闆、角頭、嘍囉們等，聽巫師這麼說，都大吃一驚，這才知道眼前凶惡紅屍，是這巫師的太太。

「我應該同情你嗎？」方先生乾笑兩聲，左手插在口袋裡，也伏低身子，準備好迎戰紅屍。

「不用。」巫師笑著說。「我一點也不愛她。」

「吼——」紅屍也不知聽不聽得懂巫師說的話，發出了凶惡嘶吼聲，朝著方先生撲去。

方先生插在風衣口袋裡的左手陡然抽出，抓了把東西往紅屍臉上抹。

紅屍嘴巴如蛇一般咧開，一口將方先生左手給咬去一半。

方先生左手五指俱斷，右手整隻手掌都沒了，臉上卻帶著一絲冷笑。

紅屍嚼著方先生五指，發出噫噫唔唔的聲音，她回頭，嘴巴微微掙動，像是給塞了滿嘴快乾膠般難以張開——她咬著了方先生從口袋中掏出的餌，那「餌」就像是一團黏性極強的漿糊，令她一時張不了口。

方先生犧牲左手五指，暫時封住這紅屍一張凶口。

紅屍伸手扒抓起嘴巴，想將嘴裡的東西摳出——她咬下的除了那黏團之外，還有幾隻炙熱蛞蝓。

「唔！」紅屍扒不開嘴，開始扒抓喉嚨，她的咽喉隱隱透出光，幾條蚰蝓像是燈絲般燒亮了她的食道。

方先生抖下風衣，用胳臂和無指掌控制風衣，往紅屍腦袋一裹——那風衣猶如有生命般順著方先生胳臂揮動方向飄動，牢牢裹上紅屍腦袋。

兩條袖子還在紅屍頸子上打了個死結。

裹著紅屍腦袋上的風衣微微鼓脹，發出一陣陣嗡嗡聲響，風衣內側似乎有什麼東西在螫咬紅屍。

同時，紅屍雖然被罩住了頭，卻也一把抱住方先生腰肋，任憑咽喉蚰蝓燒灼，也不放手，甚至越抱越緊，抱裂了方先生肋骨，十指都掐入他腹間。

方先生齜牙咧嘴地喃唸咒語，風衣嗡嗡飄動，裹著紅屍腦袋那風衣內側騷動愈烈，螫咬紅屍臉面的東西更加凶猛。

紅屍的長髮猶如一根根細針，往方先生皮肉裡扎。

方先生身上的蚰蝓也不遑多讓，燒蝕紅屍長髮、焦燙她體膚。

「趁現在！」巫師見方先生和紅屍僵持不下，陡然下令。「一起上！」

幾個巫師弟子聽見師父吩咐，立時持刀上去，對著方先生一陣亂斬。

「上呀！」祕書也對著角頭們吼叫。「幫忙！」

「呃……上上上！」角頭們儘管害怕，卻也領著手下一擁而上，抄著棍棒桌椅刀械，輪流上前砍殺方先生。

方先生被砍得血肉模糊，全身上下和紅屍差不多紅，仰頸低吼一聲，風衣激烈震動，炸出一條條蛇蟲鼠鳥，衝上弟子、角頭們的身子胡亂螫咬。

圍殺方先生的眾人紛紛倒下，緊抱著方先生腰肋的紅屍終於鬆開雙手、跪倒在地、肚子燃燒起火——她咬下肚的幾條蛞蝓燒穿了她的咽喉和肚子。

方先生終於擺脫了紅屍，搖搖晃晃向前走了幾步，只覺得視線有些模糊，隱隱見到那巫師拿著支東西朝他走來。

「美月……再等我一下……」方先生朝著方太太的方向輕喊幾聲。「只剩他一個了……」

「嘎、嘎嘎……」方太太撲倒在地，她頭臉被淋滿雄黃、一點力氣也使不上。

「本來不想用這東西的……」巫師走到方先生面前，拋下一枚東西，那是一根針筒——他在確認紅屍、弟子和角頭、嘍囉們都相繼倒下後，對自己打了一針。「傷身呀。」他這麼說，還回頭對大老闆和祕書說：「老闆，別擔心，我很快收拾他，然後替你煉肝……」

方先生用上了不知從哪兒擠出來的力氣，鼓足全力撲向巫師，張開口咬他脖子。

他覺得自己像是咬著卡車輪胎般，將口中幾枚沒被打落的牙，都咬脫了。

巫師揪著方先生頭髮，將他拉離自己身子，然後揪著方先生腦袋，重重往地板一砸——

砰！

「你到底對自己做了什麼？這麼耐命？要怎樣才能殺得死你啊？」巫師在方先生身旁蹲下，用膝蓋壓著方先生的臉，食指抵在方先生太陽穴上，緩緩施力。「你要我攪爛你的腦？」

「我……我的命……早給她了……」方先生幾乎牙掉光了，下顎骨也給撞碎了，嘟嘟囔囔地說：「要殺死我，得問她同不同意……」

「是嗎？」巫師將食指緩緩按進方先生太陽穴，轉頭望向方太太。

只見一隻雪白貓咪，站在方太太身邊，口中還叼著一個小東西。

那東西像是一只口罩。

方太太儘管虛弱無力，但是替自己戴個口罩，還是行的。

她顫抖地拿著口罩，往臉上戴，好幾次都戴不上。

「別讓她戴上那東西——」巫師對著祕書吼叫，急忙起身要往方太太那兒趕去，卻感到腳踝一緊，是方先生那件破爛大風衣。

大風衣半邊捲著巫師腳踝，半邊捲著方先生胳臂。

方先生癱伏在地上，連站起身的力氣都沒有，卻藉著那風衣，死纏著巫師不放，拖慢他一秒也好。

「什麼？」祕書聽巫師這麼說，轉頭看了方太太一眼，連忙趕去要搶口罩，但被白貓咪咪撲上小腿狠狠咬了一口，痛得怪叫、連連後退。

「快呀，你想死嗎！」巫師氣吼。

祕書硬著頭皮再次走向方太太，咪咪又朝他撲來，他一腳將咪咪踢飛，然後彎腰伸出雙手往方太太臉上撈，卻被方太太抓住雙手。

「哇！」祕書駭然大驚，只覺得雙腕劇痛。

方太太緩緩起身，她已經戴上口罩了，那小花圖樣的口罩，內裡的藥液，不僅隔絕了雄黃效力，且有額外提神效果。

「饒了我、饒了我！救命呀！」祕書尖叫，下一刻，便被方太太掐裂咽喉。

巫師拖著方先生，終於趕到方太太面前，雙手猛力掐住方太太頸子，想要一把掐暈她，但他的頸子，也幾乎同時被方太太掐住。

兩人幾乎同時施力。

喀啦——在雙方互掐的第二秒，巫師的腦袋便離開了身體，咚咚落地，彈了兩下。

「嗚……嗚嗚……」方太太拉起方先生，摟著他啜泣撒嬌、像隻貓兒般舔舐他全身鮮血。

「別這樣……大老闆在看呢……」方先生望著嚇傻了的大老闆。「只剩他一個了……」

大老闆望著朝他走來的方先生和方太太，身子哆嗦幾下，尿濕了一輪椅，噫噫呀呀地哀哭求饒起來。

□

這晚夜風清涼舒服。

方先生和方太太和往常一樣，在月下野餐。

白貓咪咪依偎在方太太腿旁打盹。

那晚激鬥不過是三個月前的事，方先生當晚受的傷幾乎好了，方太太比之前更美。

不一樣之處，在於四周不是公園，而是一處整修到一半的廢棄遊樂園——

和巫師激鬥那晚最終，方先生沒有殺死大老闆，而是讓他吃下一道特調寄生蟲大餐。

寄生蟲會在大老闆體內落地生根，如果沒有定時服用方先生調配的「乖乖藥」，寄生蟲就會在大老闆骨髓、血肉、臟器裡舉辦吃到飽派對——方先生確實是對大老闆這麼形容的，且用了一名尚未斷氣的巫師弟子示範給大老闆看，被寄生蟲在身體裡開派對的模樣，到底有多慘。

總之，大老闆依舊會死，但在方先生的「特別護理」下，不會這麼快死，而能夠多拖上幾年，從現在開始，大老闆到臨終前唯一的使命，就是竭盡所能討方先生和方太太開心，以求得下一頓「乖乖藥」。

例如乖乖按照方先生吩咐，買下一處廢棄遊樂園，砸重金整修，還在遊樂園一角興建一棟別墅，作爲方先生和方太太專屬的度假別館。

至於當晚的祕書、巫師、角頭、嘍囉們的殘屍，以及花襯衫男人及眾小弟們，全被方先生餵入新的寄生蟲和藥物，不僅不腐、會跑會走，只是醜了點。

和早幾年的方太太差不多。

此時他們還待在大老闆建設公司大樓那臨時實驗室和庫房裡，等待遊樂園整修完工之後，他們便會成爲這遊樂園的專屬警衛和雜工。

方先生吻著方太太的臉，指著即將完工的一處漂亮設施，對她說：

「美月，再過不久，就有旋轉木馬可以坐了，開心嗎？」

方太太瞇著眼睛，在方先生胸口上蹭了蹭。

顯然很開心。

《寫鬼　詭語怪談4》完

後記

許多年前寫口袋書時，點子常常隨手拈來，有時一個點子，就是規規矩矩一個故事，也有時一個點子，卻會蹦出「這個梗，只用來寫一個故事，好像有點可惜」的人事物。

例如鬼娃娃。

例如不怕鬼的史秋。

例如方先生和方太太。

這些「只用一次好像有點可惜」的梗，在往後的「詭語怪談」世界裡，我會盡量試著讓他們不可惜一點——

方先生和方太太的遊樂園就要完工了，他們會繼續地恩愛、繼續地進食；史秋會繼續創作、繼續拖稿、繼續尋找新的靈感；鬼娃娃還剩很多隻，想來應該被史秋收編不少，有些頑劣不受控制的，或許又會惹出新的麻煩……

甚或是《乩身》裡劉媽家的橘貓將軍又咬哭了哪隻妖魔鬼怪，或是王智漢追捕還活著的偷車賊張曉武卻無端惹怒了奇怪的鬼媽媽。

再或是有一場凶猛大火引發的故事的後續故事。

或是那個神祕廣播頻道經過多年後改變媒介重新開張。

或是那場恐怖遊戲競賽再一次降臨在其他人身上。

或是始終在鬼故事界霸佔著崇高地位的「降頭」題材，再次出現新事件，鬧得鬼哭神號，然後惹毛了橘貓將軍……

總之總之──

我還有很多很多故事，我還會寫很久。歡迎光臨，星子的故事書房。

星子

2019.5.3 於中和南勢角家中

國家圖書館出版品預行編目資料

寫鬼／星子 著.——初版.——
臺北市：蓋亞文化，2019.06
面；　公分.——（詭語怪談系列；4）（星子故事書房）
ISBN　978-986-319-408-8（平裝）
863.57　　　108007798

星子故事書房TS014

寫鬼 詭語怪談系列

作　　者　星子（teensy）
封面設計　莊謹銘
責任編輯　盧琬萱
總 編 輯　沈育如
發 行 人　陳常智
出 版 社　蓋亞文化有限公司
地址：台北市103大同區承德路二段75巷35號1樓
電話：02-2558-5438　　傳真：02-2558-5439
電子信箱：gaea@gaeabooks.com.tw
投稿信箱：editor@gaeabooks.com.tw
郵撥帳號 19769541　戶名：蓋亞文化有限公司
法律顧問　宇達經貿法律事務所
總 經 銷　聯合發行股份有限公司
地址：新北市新店區寶橋路二三五巷六弄六號二樓
電話：02-2917-8022　　傳真：02-2915-6275
港澳地區　一代匯集
地址：九龍旺角塘尾道64號龍駒企業大廈10樓B&D室
電話：+852-2783-8102　　傳真：+852-2396-0050
初版二刷　2023年1月
定　　價　新台幣 240 元
Published and printed in Taiwan

ISBN 978-986-319-408-8

GAEA

Gaea